U0367971

说过再见的人，
常常在下一秒钟就能重新遇见；
而不曾说过再见的人，
也许走出彼此生命就是永远。
所以每一次分开，都要好好告别。

每一次 分开，
都要好好
告别

夏林溪 著

化学工业出版社
·北京·

Monday

Tuesday

Wednesday

Thursday

Friday

Saturday

Sunday

青春散场的时候，时光催促着我们不要回头，经历了年少轻狂的梦，蓦然回首，幸好，你们还在我的故事里。

最后一个夏天，我们就要说再见。我好想知道，你会记得我哪一点。

最后一个夏天，我没有心情去外边，只想静静地躲在房间里，翻翻照片。

离别就在眼前。明年的夏天，这里依旧会坐满人，可惜不再是我们。

我永远不会知道，这一次分别会不会是最后一次相见；我也永远不会知道，这次分别将对我的生活产生什么样的改变。例如遇见，已经改变了我的人生；而如今又要分别，我的人生又将如何改写？

我只希望，每一次分开，我们都能好好道别，像最后一次那样认真和慎重；等再相见时，我们要心存感激，像第一次遇见。

这是我第一次明白离别的意义，就让我们好好告别吧。因为人总是会分开的，为着我们不可妥协的前途，和明媚的希望。

我相信，说了再见的人，在将来的某一天一定能重新遇见；而不曾说过再见的人，也许就这样走出了彼此的生命。

青春就是这样的无奈。有些人来到我们的生命中，是那样持久而深刻，以至于让我们以为这样的温情可以永远。比如来不及道别的亲友，比如一次无疾而终的际遇。

他们犹如电光石火一般，在带来无限可能与期盼的时候，却在某一天毫无征兆地消失了。而且是那样猝不及防、悄无声息。与他们，我们无处告别，更无法再见。

也许你曾和我一样，还傻傻地以为所有的事情都会有一个清清楚楚的结果，至少会有一个导致如此的原因。

在被命运撞出一个趔趄的时候，我们才发现，很多事情在结束的时候，根本就没有一个清晰的时间节点，没有人提醒你这会是结束，更不会在屏幕上打出清晰明了的"THE END"。

在很傻很天真的年纪，我也曾经追问

过他们离去的原因。可是谁又知道答案呢？

也许，没有结果就是结果。只是，在离别之前，愿你我都懂得珍惜；在离别之后，愿你我都深深感谢命运的安排，安排我们曾经相遇过。

愿多年以后，你我仍心存善意，各自努力向前；愿日后相见，彼此不是沉默着无从谈起，而是忽然就泪流满面。

愿你我在以后彼此看不到的岁月里，熠熠生辉。

Wonderful Day

目 录
CONTENTS

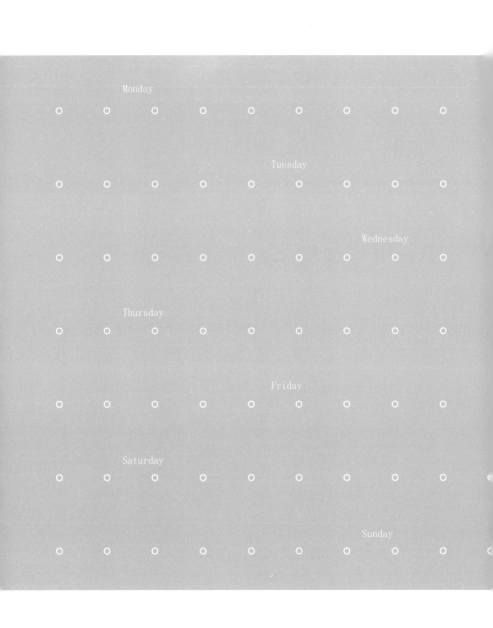

Monday

Tuesday

Wednesday

Thursday

Friday

Saturday

Sunday

我们笑着说再见，
却深知再见遥遥无期

///

成长的路上，总是点缀着各种各样的离别。

这时，我们坚信离别是为了重逢，

所以，说了再见。

后来才意识到，世界太大了，

那些当初说了再见的人，

一次别离，就可能后会无期，天涯两忘。

但愿我们的"再见"，不只是告别，而是诺言。

我们终将，各自远扬

日期……
………………

天气……
………………

心情……
………………

我们分开，不是为了让彼此陌生，而是以各自的方式去旅行，去见识更广阔的天地和更美好的未来。分开不是无情，更不是不幸，只是我们一生中会遇上很多人，真正能驻足停留的又有几个？青春是一个注定会荒芜的渡口，我们都是过客。

那时候，我们说话都喜欢用"终于"，就像"终于放假了""终于毕业了""终于离开这里了"……仿佛任何的告别都像是一种解脱，但以后的你会慢慢发现，那些你自以为是的如释重负，才是真正让人想念的东西。

你要知道，没什么会等你，就像所有的曲终人散和分道扬镳，都在或早或晚地发生。到最后，可惜的不是离散，而是没有好好和那些人告别。亲爱的，就让我们一起走到青春散场，在这里好好告别，然后，各赴前程，为了不可妥协的前途，和所谓的明媚希望。

[喃喃细语]
青春即是一场告别，我们在这里相遇，然后各自远扬。
请坚信，凡有告别，必有重逢。

分别不是终点，

彼此铭记就已足够，

人生有些时候，

一场邂逅，就足够美丽。

<<<

舍不得你，但路还是要走下去，前面也许有一片更旖旎的风光。抹干眼泪，我走我的路，你加你的油。因为你曾是那么值得爱，所以我会永远怀念你，谢谢你陪我走了一程。但再美好的过去，都是回不去的曾经，再醉生梦死的幻想，都是到不了的未来。既然退无可退，别回头，往前走，全力以赴。

没有机会跟你说一声"再见"，就再也见不到你。比幸福更悲伤，比相聚更遥远，比坚强更脆弱，比离开更安静。终有一天，你我要背上行囊出发了。我会扬起风帆，希望你能看见一点遥远的白色。或许在深邃的宇宙中，偶尔你能注视我一眼。那就会让我知道，你也已经在另一片土地上，欢歌笑语。

一生中有多少无奈和惋惜，又有怎样的愁苦和感伤？雨浸风蚀的落寞与苍楚一定是水，静静地流过青春奋斗的日子和触摸理想的岁月。只用了一分钟，时间就带我飞离了这个城市的地面，再见学校，再见青春，再见你们。希望每个人都明白，离别不是对过去的遗弃，而是带着回忆，去遇见新的人、新的事。

到了路口，就要分道扬镳，告别时用力一点，多看一眼。告别后就别回头，不是让自己坚定，而是知道，一回头看到那些熟悉的面孔，就会舍不得。但我们都不能停在原地，地球是圆的，路却是直的，如果还能相遇，就让我们彼此都更好一点，愿我们在彼此看不到的岁月里熠熠生辉。

> 年少的承诺，执着的相守，
> 看似美好，却有许多无奈。

我们笑着说再见，
却深知再见遥遥无期

日期……

………………

天气……

………………

心情……

………………

你有没有试过，当你再次打开宿舍的门，发现床板上空空的，他们都走了。你以为这只是一次暑假的开始，他们去去就回。可其实不是了，他们走了，去奔前程。那些陪伴了你好几年的人，你曾经烦过、厌恶过的人，却在走了之后，留给你一地的悲伤。

你有没有试过，坐在自己的寝室里，开着门，门外不再是来来往往、大吼大叫的他们，而是空荡荡的楼道。楼道的那头，也有那样的一个感怀的人，他把音响开到最大，音响里唱着"当你背上行囊，卸下那份荣耀……面带微笑用力地挥挥手，祝你一路顺风"。你以为这没有什么，其实思念的后遗症，才刚刚开始。

你有没有试过，最后一次锁门，当你锁上门的那一刹那，那些床铺、拖把、暖瓶，就这样被你锁在了门后，一门之隔，却已是两个完全不同的世界。它们太重了、太大了，你说你带不走，因为梦想太远，理想太重。

| 喃喃细语 |
年少的你我在星空下许诺，一个说愿意等，一个说一定会回来。

就算终有一别，

也不要辜负了这场相逢。

在我斑驳的生命里，很庆幸，你参与其中。很庆幸，你在那里，开始一场从未出现过的繁华。我庆幸在最好的年华中度过了这最好的时光，最好的时光里面都是最美丽透明的你们。我看见校园里盛开的繁花，便又看见了我们曾在那里停留的光彩，大家欢声笑语地闹着，多么美好！

如果有一天，有人邀请你参加一场派对，可以选择任何一个人陪你一起，也可以打扮成任何一种模样。想必你第一个想到的人，肯定是他。在跌跌撞撞成长的时光里，在通向远方风景的人生路途中，遇到的人和事，无论好坏、喜悲，终将成为生命中美丽的过往，当回望时，别忘记对他们说一声谢谢。

不管怎么说，相隔太远还是会觉得很遗憾。可能上次看到的时候还是穿着大衣，戴着围巾帽子，下次再见已经是穿着 T 恤了。也可能上次相见还是短袖，下次已经要穿线衫或卫衣了。不能看着你一点一点地变化，只能好久见一次，然后很唐突地说"好像又瘦了呀"。

我们笑着说再见，却深知再见遥遥无期。人生的每一步，都是需要付出代价的。我得到了我想要的一些，失去了我不想失去的一些。可这世上的芸芸众生，谁又不是这样呢？

最后一个夏天，

我们就要说 再见了。

<<<

每一次分开，都要好好告别

说完再见，
我们像是老了一些

日期……
…………………
天气……
…………………
心情……
…………………

所有的结局都已写好，所有的泪水也都已启程，却忽然忘了，在那个古老的不再回来的夏日是怎样的一个开始。无论我如何去追索，年轻的你只如云影掠过，而你微笑的面容极浅极淡，逐渐隐没在日落后的群岚中。我们就是在那一刻变老的，好像此后的人生都少了趣味，我们那么害怕说再见，却又不得不说再见。

曾经想着快点离开，想着离别后的自由自在……但快毕业了，竟是如此舍不得，会想念，会想再读几年……这个季节，忧伤怒放，青春散场。也许多年后，再回想起你我年少时的迷茫和执着，或许原因都不记得了。青春就是这样，让我们张扬地笑，也让我们莫名地痛。

我希望能够远走，逃离我的所知，逃离我的所有。我想出发，去任何地方，不论是村庄或者荒原，只要不是这里就行。我向往的只是不再见到这些人，不再过这种没完没了的日子。我想做到的，是卸下我已习惯的伪装，成为另一个我，以此得到喘息。不幸的是，我在这些事情上从来都事与愿违。

| 喃喃细语 |
我没有更多的祝福给你，只希望你那边天气适宜，有茶可以喝，有人关心你，不会失眠，不会被骗。

Good
Time

....

....

....

....

....

....

青春是一本太仓促的书，
我们含着泪，
一读再读。

我的年少有你，你的青春有我。

若是还有缘，江湖再见！

<<<

毕业就像是一场盛大的告别晚宴，几杯酒灌进去了，几张合影拍完之后，我们就各回各家，留在照片上的是"彼此要做一辈子好朋友"的誓言，带走的却是"我们终会把各自遗忘然后再去遇见别人"的明天。

有些事情，现在不去做，以后很有可能永远也做不了了。不是没时间，就是因为有时间，你才会一拖再拖，放心让它们搁在那里，任凭风吹雨打，铺上厚厚的灰尘。而你终将遗忘曾经想要做的事、想要说的话、想要抓住的人。

我们害怕失去，所以不敢拥有；害怕欺骗，所以不敢相信；害怕被看穿，所以一直伪装……我们想要坚强，所以一直逞强；不想放弃，所以一直坚持；不想流泪，所以一直装笑……我们不想被过去束缚，所以选择遗忘过去；不敢独自面对未来，所以害怕离别；不敢面对"再也不见"，所以不敢说再见。

再见了，青春；再见了，一生都难以忘怀的人。再见了，我的眼泪、跌倒和失败；再见了，那个年少轻狂的时代。再见了，我的烦恼和孤独；再见了，我的懦弱和迷茫……可是，当我们勇敢和青春说再见的时候，又该如何跟不想失去的人说再见呢？我只记得那天，彼此说完了再见，我们就像是老了一些。

谢谢你与我，年少相知

日期……
················

天气……
················

心情……
················

我们在青春里肆意疯狂，偏执地以为可以走很远，却从没想过，转个弯，分别竟在眼前。命中总有很多转瞬即逝，就像在车站送别，刚刚还在拥抱惜别，下一刻就各奔天涯。

夕阳弥漫在教室里，美的不是温暖的夕阳，而是从我的视角看过去的，你曾经的桌椅；玻璃窗外狂走着沙石，美的不是疾卷的风，而是从我的视角看过去，你曾经站立的位置；铁丝网分割了这被白雪覆盖的操场，美的不是纯洁的白雪，而是，我曾站在那里，一转头，就看见了你。

一转眼就已挥霍了最后的青春。现实一点一点消磨我们的棱角，侵蚀我们的梦想，在失落、遗憾、不甘、愤懑的时候，想到还有你们，即使有些东西已经再也找不回来，但我的掌心始终握着最珍贵的宝藏，给我力量。谢谢上天，让我们在最美的年华彼此遇见。也谢谢你，与我年少相知。

| 喃喃细语 |
感谢有你陪伴的这一段青葱岁月——未来遥远得还没有形状，我们单纯得没有烦恼。

> 像每一滴酒回不到最初的葡萄，
> 我回不到年少。

你和我一起熬夜，畅想未来的样子；你和我分享秘密，积攒我们共同的回忆；你和我放肆地哭，放声地笑，一起拨开青春的层层迷雾……你说过，比爱情更坚定的永远是友谊。我们还曾约定，不管未来是否分离，心都会在一起。天真岁月不忍欺，纵然青春偶尔荒唐，我们也绝不辜负。

那时候，你爱聊天和睡觉，我爱嬉戏和玩闹；我见过你睡觉流口水，你看过我感冒淌鼻涕。我的脸被你的马尾甩过，你的手被我的笔画过……我的成长，缺了你就是失忆。我不需要刻意与你保持联系，我们可以半个月没有一条短信、一个电话。但是我不怕，因为我知道那个肯为我两肋插刀的你，永远都不会走丢。

是你让我明白，世界上会有一个人的出现，让人觉得之前的人生都是为了等待这个人的到来。从最初的慌慌张张、吵吵闹闹，到后来的平淡如水、细心体贴……我们能一路知心地走到今天，已经不容易。我知道，那个夏天就像你一样回不来了，所以，我想认真地说一句"谢谢你，珍重，再见"。

谢谢你在人群里发现了我，视若珍宝地陪伴至今；谢谢你把最珍贵的青春，只为我而燃烧。即便将来的某一天，四张试卷，考散了整个夏天；两份通知书，分离了你和我……但依旧谢谢你。谢谢你给我的小快乐，曾渲染了我的世界；谢谢你给我的小信念，足以支撑我的人生。

<<<

谢谢那些没有义务陪我
但却一直陪我的人。

遇见就会有告别，
人都是要
随时准备好说再见的

日期……
　　　……………

天气……
　　　……………

心情……
　　　……………

时间是残酷的，让我们就此分离；但时间也是温柔的，它曾让我们相遇。我们各赴前程，理想、压力、金钱、责任、地位接踵而来……只是我们谁都不知道，要等到哪一天，我们才能够毫无顾忌地在树荫下读诗、说梦想，可以不避忌讳地谈天说地？

你还没察觉，夏天就悄悄走了，像生命中迎来送往的那么多人，来不及告别就渐行渐远。再回来的夏天也不是这个夏天，再陪你过夏天的人也不是这个人。夏天要是能一直停下来就好了，一会儿梨花带雨，一会儿晚来风急，空气濡湿清冽，一头撞进风里，像撞进什么人怀里。

青春太好，好到不管你怎么过，都觉得不够，回头来看，都要生悔。我们挥手告别，依旧保持联系。不怕距离，各自努力，累的时候互相鼓励，彼此就是力量。朋友就是这样，彼此鼓励，相隔再远也没关系。因为有遇见，也注定了会有告别，所以我们要随时准备好说再见。

| 喃喃细语 |
有多少人能真的一辈子不走散？也许走到哪儿都有人陪，就已经足够幸运了。谢谢，陪我到每一站的你们。

当分离的发令枪打响，
这世间万万千千条道路，
我们再也无法同行。

<<<

我们都会遇到很多人，会告别很多人，会继续往前走，也许还会爱上几个人，弄丢几个人，关键在于，谁愿意为你停下脚步。心应该有一个自然的脱落过程。渐渐地，不重要的会更不重要，以至于背向告别，重要的会更重要，并且彼此相遇。所以，不要强行删除谁的记忆，也不要徒劳期待。

有的人即使对你说了千万遍再见，也还是会与你相见，而有的人对你说了一次再见，就再也不会与你相见了。从前想不通的，以后会明白；现在两难的，将来会很好办。时间会抵达彼岸，水滴自会石穿。人心再远，还有交情；天涯再远，有缘自会再相见。

生命中有一些人与我们擦肩了，却来不及遇见；遇见了，却来不及相识；相识了，却来不及熟悉；熟悉了，却还是要说再见。对自己好一点，因为一辈子不长；对身边的人好一点，因为下辈子不一定能遇见。所以和很多人告别时，我都会说后会无期，后会有期只是约好了一个久远的时间，而无期也许就会在下一分钟相见。

等你毕业了之后就会明白，很多同学此生只会再见两次，他结婚和你结婚。我想了想身边的人，完全想象不出来，这群一天到晚对着路人叫美女的"神经病"会长大、会成熟、会西装革履、会娶妻生子。也不知道，我会以怎样的语气说"新婚快乐"，只愿记忆里的你们都是最好的模样。

也许不会再看见

　离别时微黄色的天，

有些青涩的脸

　也注定不会再出现。

曾经心心相印，将来各自为营

日期……
…………………

天气……
…………………

心情……
…………………

还记不记得以前会经常遇到这样的事：在课上，老师说了一句什么话，同学都哈哈大笑，你一时走神没听到，于是问前面笑得前仰后合的同学："快点快点，老师说了什么，这么好笑啊？"前面同学回过头，一边笑得岔气，一边断断续续地跟你说："我，我也不知道。"你看，青春就是这么美好。

在生命的无尽旷野之上，我们的相逢短暂得像是擦肩而已。后来，我们越走越远，终于无处告别。但是那些短暂的相聚却在时间的河流里凝成琥珀，辗转反侧里，念念不忘。在我的生命中，有些人，再也不能回到相识的最初。但是，我会记得。不管将来是陌生，还是遗忘，曾经的真诚相待都是真的。

青春是不停地告别，也是不停地重逢。时间真是最强大的东西，总是会让你不经意间泪流满面。只一个转身，就发现最重要的东西已失去了。有些相逢，不得不各安天涯，有些人情，一旦散落，便不知所终。经不起考验的，不怪时间；经得起考验的，也别在乎时间长短。因为爱和不爱的，迟早都要告别。

| 喃喃细语 |
等下次再见，我会用积攒了不知道多少天的温度来拥抱你。

每一次分开，都要好好告别

请记住，

无论我们最后生疏成什么样子，

曾经对你的好都是真的。

当初有些事，让我们刻骨铭心；曾经有些人，令我们难以释怀。我们一路走来，告别一段往事，走入下一段风景。路在延伸，风景在变幻，人生没有不变的永恒。走远了再回头看，很多事已经模糊，很多人已经淡忘，只有很少的人与事与我们有关，牵动着我们的幸福与快乐，这才是我们真正要珍惜的地方。

让我撕心裂肺的不是离开学校，也不是离开家乡，而是离开一段美好的岁月，离开一群可爱的人。有时候，我们只是还没学会去适应一个慢慢消退、慢慢陌生的过程，但现实就是要让我们接受我们以为接受不了的事情。起风了，照顾好自己；下雨了，别淋湿衣裳。往后的日子，我们都要好好的。

你会不断地遇见一些人，也会不停地和一些人说再见，从陌生到熟悉，从熟悉再回到陌生，从臭味相投到分道扬镳，从相见恨晚到不如不见。愿将来的我们，各自回忆，各自奋斗，各自生活。曾经的朋友，无论你现在何方，请加油。曾经心心相印，将来各自为营。

曾经在某一瞬间，我们以为自己长大了。但有一天，我们终于发现，长大的含义除了欲望，还有勇气和责任、坚强，以及牺牲。我们都要相信，在最平凡的生活里，谦卑和努力总是有意义的。总有一天，你我会站在最亮的地方，活成自己曾经渴望的模样。

不经世事的我们，
约好在下一个路口等

日期……
………………

天气……
………………

心情……
………………

有些人走着走着就不见了，还有些人，散着散着，又在路口集合了。只要我们不是平行线，终会有相交的一天。短暂的离别不会使我们淡忘彼此，而是会越来越彼此怀念。真正知心的人，是陪伴彼此成为更好的人。你熄灭，我陪你低落尘埃；你远行，我陪你徒步人海；你欢笑，我陪你山呼海啸。你离开，我就等待。

你是我不会轻易忘掉的人，是我痛苦的时候第一个想到的人，是给我帮助不需要谢谢的人，是被我惊扰之后不用愧疚的人，是我失败了不对我另眼相看的人……你我不一定要门当户对，但一定会同舟共济；不一定要形影不离，但一定会惺惺相惜；不一定要锦上添花，但一定会雪中送炭。

当你说着我们的未来的时候，那开心的样子让我想笑，可能是想象得太美好，也可能是因为太猖狂。我们不知道时间会带来什么，但就目前而言，它带来了分离。我们曾约好了会在下一个路口再见，那个路口叫成熟。与你一起度过的那个夏天已经结束了，将来的梦想、一起许下的愿望，我永生难忘。

| 喃喃细语 |
我什么都没有，只有一个不确定的明天和一个不知道的未来。

<<<

地球之所以是圆的，
是因为上帝想让那些
走失或迷路的人重新相遇。

那些我们一直惴惴不安，

又充满好奇的未来，

会在心里隐隐约约地觉得它们是明亮的。

在最懵懂的时光遇见你，在逐渐成熟的年纪分离，人生中最美好的光阴，我们一起度过，没有负担，没有顾忌，我们把青春互相馈赠。尽管那些曾经一起上路的人没能跟我们一起回来，但因为我们约定好要成为更好的人，所以我相信，有那么一天：我们会成为更好的自己，会成为父母的依靠，成为值得爱的人。

希望明天的你我，能和今天之前的一切好好说声再见，未来的好坏，即便是丝毫不期待的，也照样会到来。希望我们不再需要从别人那里得到前进的勇气和力量，希望我们一起努力向前，做更好的自己。为什么要头也不回地向前跑？因为没有未来的人，没资格聊从前。

那些荒谬的往事，那些蚀人的情感，那些生命里出现过又消失的人，你们影响了我、塑造了我、完善了我。终有一天，我会成为更好的自己，因为你们的参与，也因为你们的存在。我相信，更好的我们，会遇见更多更好的人。或许，这就是青春的价值，这就是离别的意义。

我们都在失去中得到一些，在不断跌倒中成长一些，不管付出的代价你是否乐意，都向前走了一些。做的傻事别忘记，当成乐子下酒；走过的路自己知道，当成以后前进的梯子。总有一天我们要用自己的力量站稳，用你自己的方式站稳，去保护你想保护的人，这是我们约好的，你可别输了。

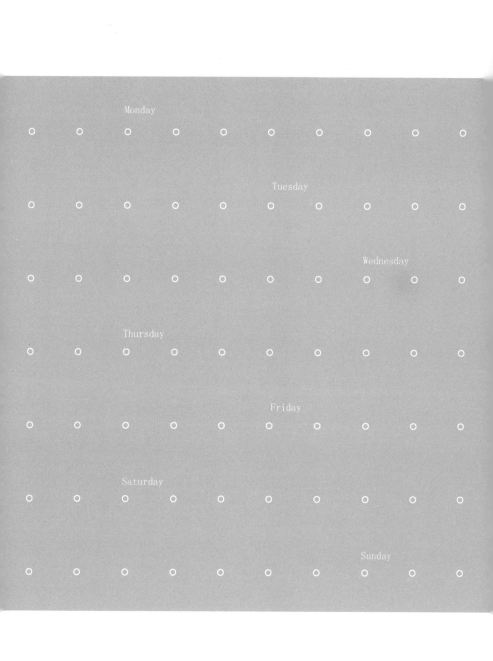

Monday

Tuesday

Wednesday

Thursday

Friday

Saturday

Sunday

第二辑

每一次告别，
都有一颗星星熄灭了

///

告别的时候，一定要用力一点。

因为任何的多看一眼，

都有可能成为最后一眼；

任何的多说一句，都可能是最后一句。

谢谢你的微笑，
曾慌乱了我的年华

日期……

....

天气……

....

心情……

....

这世界上，最好看的风景，最繁华的街道，最动人的情话，都比不上你那含笑的眼睛。如果时光可以倒流，我还是会选择认识你，虽然会伤痕累累，但是心中的温暖记忆是谁都无法给予的。谢谢你来过我的世界，你带来欢笑，我有幸得到。是你让我明白，最好的关系是保持距离，比宇宙广阔，比光年遥远。

如果时光可以倒着走，我们还是会想起第一次遇见他时，达到了每分钟 110 次的心跳；还是会想起，在暗恋他的无数个日夜里，每天都在演算一个对他告白的公式。谢谢你的微笑，曾慌乱了我的年华。为什么暗恋那么好？因为暗恋从来不会失恋，你一笑我高兴很多天，你一句话我记得好多年。

我想你是我终将逝去的青春。或许以后的我会喜欢上另外一个人，就像当初喜欢上你一样，也或许除了你，我再也遇不到能让我感受得到心跳的人，到最后只能把你埋在心里。我知道，当青春逝去的时候，很多东西都会面目全非，所以我才更加珍惜。也许你会是我人生中最大的遗憾，但我始终谢谢你，来过我的青春。

| 喃喃细语 |

你要来了，我对谁都微笑，对讨厌的人也有礼貌，恨不得把每一个等待你的黄昏，都醮了糖吃掉。

你来过一阵子，

我想念一辈子。

<<<
表白了怕失去，
做朋友又不甘心。

恍恍惚惚，我们就跟着时针转了好多圈，日历也一张一张快撕了个遍，偶然间走到某个地方就又想起当年哪一天，来了的、走了的、一直都在的。你看时间过得真快，来不及好好感谢，也来不及好好说再见。说过再见的人，常常在下一秒钟就能重新遇见；而不曾说过再见的人，也许走出彼此生命就是永远。

你从天桥走来，我在远远的街边望着你，我努力对你微笑挥手，可惜你没有看见。来不及解释，我又将与你告别。我们总是不断地相逢又不断地说再见，总相信不久的将来有机会相聚。但是一定有那么一次，我们将会永远别离。

我已经准备好了足够挡得了雨的伞，可是却迟迟没有等到倾盆大雨的到来，这样的尴尬只是我漫长人生中的小插曲罢了。就像你会突然出现，又突然消失一样。我永远没有足够的办法和力量来消除这样的尴尬，因为永远没有一件事是等我准备好了以后才发生的。

后来有一天，我突然明白你对于我的意义。在后来重复而稳定的生活里，终于也肯说一句感谢你。你是这岁月得以被记得的原因，也让这条路有了不一样的风景。不是最好，却也各自美丽。

害怕多年以后，
我只是一个
已经荒废了的名字

日期……
　　　………………

天气……
　　　………………

心情……
　　　………………

原来有些你自以为很重要的人，你不联系他，他就真的永远不会联系你。生命很短暂，别把那些重要的话憋着，会没有时间说的。靠回忆拥有的一切，都是虚幻的、毫无意义的，那些回不到最初的人和事，只会渐行渐远地消失在遗忘的路上。

有些事，你总以为发生在昨天。有些地方，你总以为刚刚告别。你忘了，其实你已经走了很久很久，一回头，已过去好多年。你假装无所谓，还告诉自己，"我那么坚强，坚强到可以承受一切的后果。"可是，一想到当你被遗忘在角落的时候，你就发现，你输不起，你会害怕分离。

翻一翻通讯录，才发现有那么多曾经重要的人，已经许久不见，并且想来今后也不会再见了。永别得那么平淡，就好像故事还没结局。原来，最痛苦的一种再见是从未说出口，但心里却清楚，一切都已结束。

| 喃喃细语 |
世界那么大，却让我遇见你；余生那么长，从未再见你。

<<<

生命中的诸多告别，
比不辞而别更让人难过的，
是说过再见，却再也没见过。

有些人离开就是离开了，渐渐地，生活会变得没有什么不同，仿佛那个人不是消失了，而是从未曾出现。这是我们所希望的，也是必须承认的，原来我们没有那么重要，原来我们并非不可遗忘。青春，是散场的电影，而时间，却是一场烟花烂漫。时过境迁，谁都不知道遗忘了多少，又记得了多少。

有段时间，会突然和一些人关系很好，就连认识的方式都突然得莫名其妙，然后又突然间消失在你的生命里。这个世界其实从不曾有一个人能取代另一个人的位置，所谓的取代，只是以前的那个人被遗忘了。因为被很用力地爱过，所以更害怕被遗忘。因为害怕被遗忘，所以干脆先消失好了。

后来我们不再约饭，连对方的动态也很少看，你又有了新朋友，他也有了新伙伴。不说再见也不提永远，一切就这么自然而然，慢慢变淡。留过的痕迹当然没法完全抹掉，其实也没有真的想不起，只是不知道什么时候，忽然就不在意了。

我们这一生，注定有很多偶遇，偶遇一件事，偶遇某个人，让我们的生活多了许多曲折。不管怎样，总有那么几件事，让你念念不忘，总有那么一个人，让你徒生叹惜。错过的，就当是路过吧，没有交集的美，仅是心里的幻影，遗忘是彼此最好的怀念。一路走来，偶遇的星光，让我们有遗憾，亦有温暖。

你是千堆雪，我是长街，

怕日出一到，就彼此瓦解。

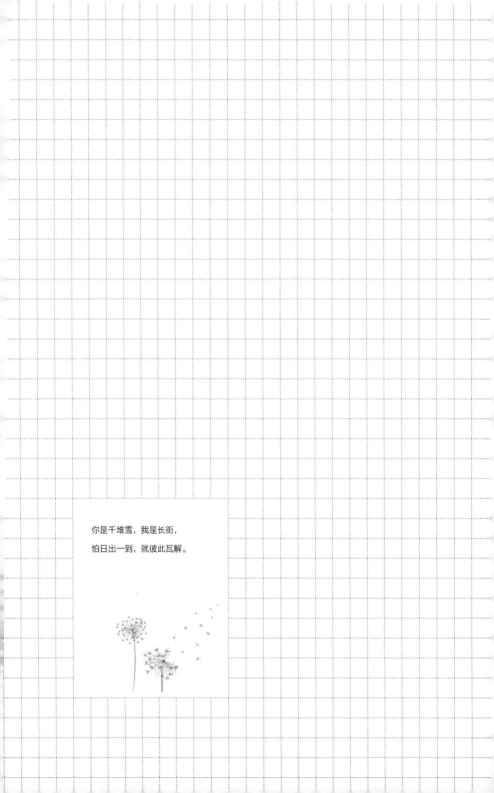

每一次告别，
都有一颗星星熄灭了

日期……
....

天气……
....

心情……
....

你想过你们之间的一万种可能，但最终只有一种是最容易实现的：没有郑重其事地道别就消失在彼此生活中。就像再也没有一次考试结束后，能让你那样如释重负，觉得世界是如此美好。可才一释怀，却发现近在咫尺的离别比考试还让人难受。

这个世界上有很多事情，你以为明天一定可以再继续做的；有很多人，你以为明天一定可以再见到面的；于是，你暂时先放下一些事，或者怠慢了一些人。你以为日子既然这样一天一天地过来，也应该一天一天地过去。但是会有那么一次：在你一放手、一转身的刹那，有的事情就完全改变了，有些人就从此和你永别了。

总有一些时光，要在过去后，才会发现它已深深刻在记忆中。多年后，某个灯下的晚上，蓦然想起，会静静微笑。那些人，已在时光的河流中乘舟而去，消失了踪迹，心中，却流淌着跨越了时光河流的温暖，永不消逝。

| 喃喃细语 |

不想曾经聊得热火朝天，事到如今却相对无言。若要经历如此变迁，何不及早说句再见，为免往后尴尬冷脸。可当初，又何必出现？

" 我们在人海里，悄悄走散。 **"**

看得见的，明天就变成看不见的了。夏天的风轻轻吹过，一切的人和事都会在瞬间消失无踪。记住的，会变成过往的，只留下一地微微晃动的迷离树影，和一本纪念册里满满的快乐回忆。每一次告别，都有一颗星星熄灭了。

或许是多年后再见，各自安静生活数年。在某个人潮拥挤的街头，透过公交车的玻璃窗，突然看见你。想让司机马上停车，想用力拍打窗户来引起你的注意，想从车上跳下来，想奔跑，想大喊大叫把阻隔在你我之间的世界撕裂……在激烈的想象中把自己感动得都快哭了。而事实上，我只是一动不动坐着看着你远去。

那一瞬间，你终于发现，那曾深爱过的人，早在告别的那天，已消失在这个世界。心中的爱和思念，都只是属于自己曾经拥有过的纪念。我想，有些事情是可以遗忘的，有些事情是可以纪念的；有些事情能够心甘情愿，有些事情一直无能为力。有一些东西，总是要用消失来证明它的珍贵。

青春是一个短暂的美梦，当你醒来时，它早已消失无踪。那些以为拥有的，失去了；以为在意的，忽略了；以为永久的，凋零了。那些你放之不下的人啊，有的消失在了眼前，有的消失在了脑海，还有的甚至还没来得及出现。

<<<

大致这世上所有的分道扬镳，

都伴随着不起眼的伏笔，

只是当你领悟过来时，已经来不及告别了。

相遇总是猝不及防，
离别却是蓄谋已久

日期……
………………

天气……
………………

心情……
………………

告别了许多人后我才慢慢明白，那些真正要走的人，在离开的时候连再见都吝啬说，而那些不断告诉我他要离开的人，却只不过想让我挽留。前者走得令我措手不及，后者却忘了喊他别走。空气流动，风的路线一万种；人山人海，已吹不来去年的春风。

吵着嚷着说要离开的人，总是会在最后红着眼睛、弯着腰，把碎了一地的心拾掇好，再回到你面前，希望和你重归于好。而真正准备离开的人，只会挑一个风和日丽的下午，随意裹上一件外套出门，便再也不会回来。你看，人永远都不能避免遗憾，因为很多事都发生在你了解它之前。

明明不是真的想走，但赌气说了再见的话，摆出了离别的姿势，在转身的那一刻没有被及时拉回来就再也不甘心回头。人就是太容易被自尊拖着，把简单直接的、好端端的感情都走得复杂而曲折。我们告别了两年，告别的结果，总是礼拜一再见。今天，你真的要走了，是真的走了，不是再见。

| 喃喃细语 |
害怕离别来得太突然，惊醒了沉溺在有你的美梦中的我，所以请原谅，我在这大好的时光里，已在心里做好了与你随时说再见的准备。

十七岁就像是青春的尾巴，短暂而灰白；

像一首钢琴曲的最后一个音符那样，

无论用上多么高亢的调，

结局都是消失与离开。

<<<

Wonderful Day

有时候，有些人不需说再见，就已离开了；有时候，有些事不用
开口也明白；有时候，有些路不走也会变长。总望着曾经的空间
发呆，那些说好不分开的人不在了。熟悉的，安静了；安静的，
离开了；离开的，陌生了；陌生的，消失了；消失的，陌路了。
你还是你，我还是我，一样的陌生。

好多东西都没了，就像是遗失在风中的烟花，让我来不及说声再
见就已经消逝不见。生命里有很多东西消失得太快，甚至你会开
始怀疑它是否来过。岁月的转角处，总会上演着悲欢；流年的光
阴里，总是温习着一场场错过。

如果有一天，他从你的世界消失了，你会不会在半夜突然醒来，
想他想到泣不成声。感情里最让人悲伤的，是当某个人已经消失，
但他却让你永远也抹不去有他的记忆。他顽固地留在你心里，成
为你记忆的一部分，并且时时刻刻地提醒着你，你们曾经很好过。

一辈子那么长，一天没走到终点，你就一天不知道谁是陪你走到
最后的人。有时你遇到了一个人，以为就是他了，后来回头看，
其实他也不过是在这一段路中给了你你想要的东西。当你站在车
水马龙的喧闹中怎么也记不起他的电话号码时，惶恐过后却很踏
实，那个曾以为永远也忘不掉的人，真的在眼前彻底不见了。

....

....

....

....

....

....

> 我不知道离别的滋味是这样凄凉，
> 我不知道说声再见要这么坚强。

一直住在心里，
却告别在生活里

日期……
……………

天气……
……………

心情……
……………

我们都是在快毕业的时候才爱上学校的，我们都是在快结束时才想要好好开始的。我们都在猜着对方是否会想自己，我们都在心里期待着对方先主动，于是我们各怀心事，最后我们渐行渐远。

每个人都有一个一直守护他的天使。他们安静地出现在我们的生命里，陪你我度过一小段快乐的时光，然后不动声色地离开。有些人，消失了就再也找不到了，但他却变成了一根针，扎在心头，挥之不去，想让你痛，你就得痛。要有多坚强，才敢念念不忘？

有些人，即使不见也不会忘；有些人，即使不想也在心上。即使不见面、不说话、不发信息，心里总会留一个位置，安安稳稳地放着一个人。他已不是恋人，也成不了朋友。时间过去，也无关乎喜不喜欢，只是会很习惯地想起他，然后希望他一切都好。

年少时，你因谁、因爱，或是只因寂寞，而同场起舞；沧桑后，你又因谁、因何故，宁可寂寞如初，也要形同陌路？生命是一场又一场的相遇和别离，是一次又一次的遗忘和开始。可总有些事，

| 喃喃细语 |
我以为说了再见就能不想念，可一个突然的跟你有关的瞬间，哪怕是一句相似的话，都让我泪流满面。

一旦发生，就留下痕迹；总有一个人，一旦来过，就无法忘记。当初有个人，淡出了我们的视野，却时常于不经意间，浮现在记忆的缝隙。与其说想念某个人，不如说怀念某段时光，在它的里面，浓缩了年少炽热的情愫，定格了青春迷离的梦幻。不要在意生活和你开的玩笑，在你不懂爱的时候，别说碰到了不该放弃的人；当你读懂它的时候，别说受到的都是伤害。

66 爱情来的时候很瘦，轻飘飘的，没有脚步声。

爱情走的时候很胖，留下一串深深浅浅的脚印。 99

遇到喜欢的人，就像浩劫之后的余生，就像漂流过沧海之后终见
陆地。那么长的孤独岁月，终于泅渡完毕，那么盛大的相遇，就
像是驱离了孤独之后被加冕。而与之相伴的离别则像极了一场声
势浩大的战役，急速地消耗着我们对成长的热情，可我们还是得
继续赶路，带着不通人情的爱，和横冲直撞的情怀。

一首歌曲，会想到你；一些字眼，会想到你；一篇文字，会想
到你；一部电影，会想到你；一张侧脸，会想到你；一个笑容，
会想到你；一点温暖，会想到你……才发现，一个不小心，我
也变得如此脆弱；才发现，随便一个不小心就会踩到想你的雷，
然后，让自己粉碎在对你的思念里。

分别的感觉，就好像是我们认识的这几年时间，被这里的火车一晃，就模糊了，再一晃，就消失了。

<<<

你是我生命中的一阵附耳微风

日期……
....
天气……
....
心情……
....

我走在热闹的人群里，却常常因为没有你，而倍感失落和忧郁。而你的笑容，以至于现在想来，依然清晰如昨。像是春日的午后，阳光从梧桐叶间漏下的那种感觉，细细碎碎得让人可以嗅到草木的香甜。一句话，一件事，有的人就从我的生命中永远地消失了。原来只要分开了的人，无论原来多么熟悉，也会慢慢变得疏远。

我的心，忽然就碎了，他终于开口对我说抱歉，终于给一切下了定义。我注定就是那个被辜负的人，我注定就是那个永远只能藏在暗处的人，再怎么深爱着，再怎么彼此纠缠，一样无济于事。眼泪流下来，经过的每一寸肌肤都感到疼痛，我却依旧带着笑回答："没关系。"

凭什么有的人可以轻易释怀，一句简简单单的"分开吧"，就否定了这么久以来的陪伴，唯独留我一个人孤独地活在回忆里，跟自己较劲，较劲怎么好好的一个人，说不爱就不爱了？当一个人习惯了另一个人的存在的时候，即使没有喜欢和爱，在他离开时依旧会感到失落，会有点难过。

| 喃喃细语 |
很多东西不见了就真的没有了，比如错过的末班车，比如你。

<<<

今天又下雨了，临出门时才发现，

你送我的那把雨伞不见了。

我再仔细找找，发现，你也不见了。

" 你像风一样自由，

就像你的温柔，无法被挽留。 "

每一段真挚关系的发展与毁灭，都是由不得任何控制的。一个人的出现和离去，不会因为你在哪个路口、说没说那句话就能够改变。你权衡把控的，只会是节奏，不会是结局。我越来越懂得，命运就是，无论怎么重来，我们依然会义无反顾地相爱和分开。但我感谢这安排。

难为你走了那么多路和我相遇，也庆幸在这匆忙的年纪里遇见过你。未必懂事，未必成熟，也未必能说得出爱与喜欢的不同。但在一起了，就好好在一起，不在一起了，故事应该自有安排。不要让那些真正对你好的人，慢慢地从你的生活中消失，无论爱情还是友情，都需要经营。

最难过的是，遇见了，又匆忙地失去，然后在心底留了一道疤，它让你什么时候疼，就什么时候疼。说好永远的，不知怎么就散了。最后自己想来想去，竟然也搞不清楚当初是什么原因把彼此分开的。然后，你忽然醒悟，感情原来是这么脆弱。

生命中最重要的人，或许当你在身边的时候，能感觉到的也只是淡淡的温暖而已，并不比一杯热茶更显著。但当你失去的时候，整个世界瞬间荒芜。只知道我们总是在战胜空间，却对时间无能为力。其实，我们只是想找一个谈得来、合脾性，在一起舒坦、分开久了有点想念，安静久了想闹腾一下、吵架了又立马会后悔认输的人。

最美的徒劳无功

日期……
………………

天气……
………………

心情……
………………

年轻的感情总是这样：分分合合、藕断丝连，爱的时候不真心，忘的时候不真诚。偶然间，在某个街头与你匆匆相遇。匆匆，太匆匆，只一个微笑，路过，告别。形同陌路，也许是彼此间最好的结局。当忧伤形成一种姿态，伫立在你与我之间，走过时光，拥抱回忆。纠结的最后，也许是一场无声的退场。再见，时光。再见，与你有关的记忆。

我喜欢天空本来的样子，有黄昏微醺的时候、蓝得不像话的时候、云形各异的时候，还有被你撑的伞代替的时候。其实，在一起的时候，我就已经猜到了结局，可还是想试试看，看我们能走多远。这个世界很小，我们就这样遇见；这个世界很大，欠缺缘分的人也许终生也不会再见了。

是你让我明白，没有生活交集的人，就算曾经视对方为最熟悉的人，就算当初一起分享了无数个秘密，就算以前难过开心的时候对方都在身边，就算你们以为一辈子都会这么走下去，这关系也会无疾而终。

| 喃喃细语 |
你是我枯水年纪里的一场雨，你来得酣畅淋漓，我淋得一病不起。

<<<

感情最折磨的不是别离，

而是感动的回忆让人很容易站在原地，

以为还回得去。

每一次分开，都要好好告别

原谅捧花的我盛装出席，
只为错过你。

所谓成长，不是陪着一个旧人，守着一屋的旧物，悠悠地数着一段旧岁月，而是不断地告别。太过美好的东西从来都不适合经历，因为一旦经历，便无法遗忘；太过年少的爱情从来都不适合追求，因为我们都还走在成长的途中。

那么多曾让人羡慕的炙热感情，最后都变成了徒劳无功的相对无言，而那些从来就没人在意的暗恋情愫，却可以如此长久地被保存。说不定这世上最美的感情就是，那时你喜欢他，他喜欢你，最后你们却没有在一起。其实，我们要的只是一只愿意握紧彼此的手，一颗把彼此放进生命里的心。

听说，世界上最美的相遇是擦肩，最美的誓言是谎言，最美的爱都在昨天，最美的思念是永不相见。或许最美的事不是留住时光，而是留住记忆，如最初相识的感觉一样，哪怕一个不经意的笑容，便是我们最怀念的故事。但愿往日时光，永远如初见。

我对你有过无数次的妥协、无数次解释，可最后却发现，一切都是徒劳无功的，我始终不入你眼，所以我就只好保持沉默。我不想让你觉得，我没你就活不了。不过，这种感觉真的很糟——想着你，却不敢和你说话。以至于我只能等，等你找我。也许要等到那一天，当我变得足够优秀，我就会有勇气，重新站在你面前，要一个答案。

Monday

Tuesday

Wednesday

Thursday

Friday

Saturday

Sunday

第三辑

你一走，
这座城就空了

///

一座城市能让你念念不忘，

大概是因为，

那里曾有你深爱过的人，

和各奔东西的青春。

透过你的眼，离别是首诗

日期……
………………
天气……
………………
心情……
………………

你驶离这座城市的时候，天好像黑了，原来，送别是这么容易天黑。送别，走的那个因为忙于应付新际遇，接纳新印象，来不及多想；而送的那个，仍在原地，明显感到少了一个人，所以处处触发冷寂的酸楚。在经历了几次"送别"之后，我才发现，送别的人，最凄凉。

不是所有的梦都来得及实现，不是所有的话都来得及告诉你。内疚和悔恨，总要深深地种植在离别后的心中。我并不是立意要错过，可是我一直都在这样错过，错过那花满枝桠的昨日，又要错过今朝。今朝，仍要重复那相同的离别，余生你我将成陌路。这一去千里，在暮霭里，向你深深地祝福，请为我珍重。

你知道，这个世界总在发生一些让人寂寞的事情，比如：没有按下的发送键、季风的转向、云雨的流动、鸟的迁徙，以及没有对你说出口的"再见"。好多诺言，还来不及说，就已经变了；好多情话，还来不及说，就已经散了。别老想着"以后还来得及"，有一天你会发现，有些人，有些事，真的会来不及。

| 喃喃细语 |
愿多年以后，仍心存善意，各自向前；愿日后相见，
不是沉默着无从谈起，而是忽然就泪流满面。

<<<

无论你怎么与他人控制距离，

你依然会失去控制，

因为这个世界上总有人，能让你乖乖交心和伤心。

" 来不及珍惜，就要说分离。"

离别是为了追寻未来，一个离别的人，即使做了足够的心理准备，可是临行前的那一幕，忍不住的心酸与不舍，依然在意料之外。然而离别的痛，远不及送别的苦，那种无法挽留的哀愁，是一条不归的河流……我多想与你再见一面，挥一挥手，轻声说再见。

有许多事，在你还不懂得珍惜之前已成往事；有许多人，在你还来不及用心之前变成了陌生的人。不管你是否察觉，生命都一直在前进。人生从来都没有返程票，青春也是一去不复还，所有失去的，永远都不再有。可惜的是，我们总是老得太快，却聪明得太迟。

我会给你电话，约在曾熟悉的海边沙滩，吹着海风，在属于我们的地方辨认彼此。别等待，别把故事留到后面讲，生命如此之短。这一片海和沙滩，这海滩上的散步，在潮水将我们所做的一切吞噬之前，"我爱你"依旧是世上最难说出口的三个字，可除此以外，我还能说什么？

今生恐怕将再也见不到你，只是因为再见的怕已不是你。因为心中的那个你搁浅在我的记忆里，所以再现的，只是些沧桑的日月和流年。青春是一场远行，回不去了；青春是一场相逢，忘不掉了；青春是一场伤痛，来不及了。而我是多么希望，说了再见的人，还能再见。

你一走，
这座城就空了

日期……
………………

天气……
………………

心情……
………………

如若不是为了一个人，谁肯枯守一座城。城市和爱情，总是有着这样那样的关系。我们会因为一个人，去到那座城，因为那是一座爱的城；我们也会因为一个人，离开一座城，因为那是一座绝望的城。

有时候，一个人不知不觉走进你的生命里，只有等他走远，才有长久的注视。这种注视，不是爱情，只是想念。流年偷换，世事终难圆满，就像有的风景只适合远观，有的人只适合遗忘，有些情只适合典藏。

世界真的很小，好像一转身，就不知道会遇见谁。世界真的很大，好像一转身，就不知道谁会消失。爱情有时是一种习惯，你习惯生活中有他，他习惯生活中有你。一旦失去了，就仿佛失去了所有。感情这东西，一点也不符合牛顿定律，总是在滑行得最流畅的时候戛然而止。

| 喃喃细语 |
你挥一挥手，正好太阳刺进我的眼睛，我终于没能听清你说的是不是"再见"。

<<<

不要以为时间还很够，时间还很长，

有时候一个转身，一辈子都不能再见。

去一个地方，想念一个地方，都是因为那里的人，而不是那里的风景。一个城市会跟自己联系起来，也是因为那里有你放不下的人。我不知道我还爱不爱你，只是当听说了你所在的城市，就会忍不住想去看看。我走遍你在的城市的每一个角落，我在星罗棋布的大街小巷里寻觅，不为遇见，只为感受你的曾经。

除了对你的思念和祝福，我一无长物。我不是你最精彩的经历，但我会尽力做到最好；你不是我最喜欢的类型，却是最可贵的存在；虽然我不是因为你而来到这个世界，却因为你而更加眷恋这个世界。你一走，这座城就空了。

你住的城市下雨了，我很想问你有没有带伞，可是我忍住了，因为我怕你说没带，而我又无能为力，就像是我爱你，却给不了你想要的陪伴。夕阳西下，是我最想念的时候，对着你在的那个城市，说了一声"我想你"，不知道，你是否听得到。烟花照亮了我在的城市，也照亮我的不可一世和懵懂无知。

一个人恋上一座城，并不是那座城市有多的美好，只是在那座城市里有你在乎的记忆和气息；一座城市能让人念念不忘，大概是因为，那里曾有你深爱过的人，和各奔东西的青春。在乎的人待着的地方，再破败不堪，也是天堂；没有在乎的人的地方，再繁花似锦，也会显得荒凉。

那个没有和我说再见的人，

到底是怎样消失掉的呢？

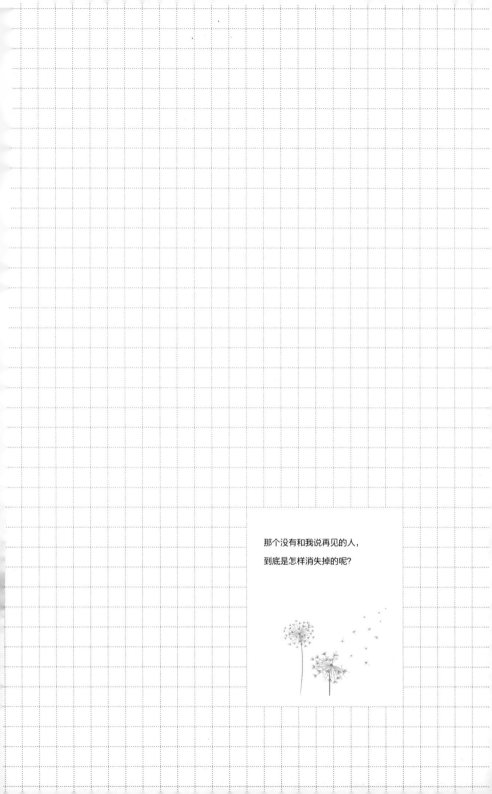

我时常笑自己无知，
竟把你当心事

日期……

………………

天气……

………………

心情……

………………

那时候，我们每个星期换一次位置。于是，轰轰烈烈搬桌子，挪书本，计算着与心上人的距离。那些年，上课时总会偷偷望向喜欢的那个人。时光过去，过不去的是美好的记忆。亲爱的，我又在想你了。

如果一直独来独往，也不会觉得有多难熬。但是遇见过你，你不在的日子，每一天都像是虚度。我觉得我不是喜欢你，而是习惯有你，我觉得我不是失去了你，而是失去了最好的青春。

我喜欢那种宽阔的、触及不到边际的感觉，像是我和你的距离。成长的残酷之处在于，看上去两三步的距离，也许一辈子都走不完。而成长的迷人之处恰巧反过来：一辈子都走不完的距离，却能给你一种看上去两三步就能到达的错觉。

你只是考虑着分开对彼此的未来有多好，却从来没有想过，如果能在一起，会有多好。过了很久之后，我才想明白，你一开始和我说的那句"真的对不起"，不过是飞机场广播里那种抱歉的通

| 喃喃细语 |
即使分道扬镳，我还是想奔赴那条能再遇见你的路。

> 我去过你的城市，
> 却没有勇气去见你。

知——"对不起，延误了您的班机"。你最后分别时说的"非常谢谢你"，是三块钱一瓶的红茶盖子里的那行"谢谢参与"。

爱情就是那些曾经的时光，只是最终输给了现实。以前总想，如果有一天我结婚了，你一定要来，因为我们总算一起踏上红毯了；后来又想，来参加我的婚礼吧，来抢婚吧，我一定跟你走；最后又想，你还是别来了，因为我怕在婚礼上看见你，你什么都没做，我却想跟你走。

遇见一个人，最痛苦的大概就是：你让我觉得我们的关系不止这样，又只能这样。当时光平复了某些印记之后，我们需要做的，不是独自叹息，而是应该勇敢些。直到多年以后，心里只是想你，再无涟漪。也许只有到那时候，我们才能接受，那时的遇见与后来的错过，于是也明白，最美的相逢本就是一场空欢喜。

我喜欢并习惯了对变化的东西保持距离，这样才会知道什么是最不会被时间抛弃的准则。比如爱一个人，充满变数，我于是后退一步，静静地看着，直到看见真诚的感情。只是，时间不可抵挡地流逝，我们的距离越来越远，就这样，你我成为星河里不再可遇、不再可视的微光，永恒遥远。

Good
Time

能为你做的最后一件事，
竟是走出你的青春。

我舍不得你，
却又无能为力

日期……
....

天气……
....

心情……
....

我也曾把时光浪费，甚至莽撞到视死如归，然后因为喜欢上了你，而渴望长命百岁。从前我也曾信错人，上地铁我曾坐错车，打字的时候曾拼错了笔画……我也曾错过了一些，辜负了一些，亏欠了一些，但即便如此，我还是希望，能够留一个笨拙的眼神看你，留一颗无所顾忌的心爱世界。

有一个人，教会我怎样去爱了，但是，他却不爱我了。我空有一颗陪他到老的心，却忘了问他愿不愿意。以后，我再也不会奋不顾身地去爱一个人了，哪怕是再优秀的人。我终于明白，人这一辈子，真爱只有一回，而后，即便再有如何缠绵的爱情，终究不会再伤筋动骨。

真正的放弃一个人是无声无息的，不会把他拉进黑名单，不会删掉他的电话，看到他过得好，可以毫不羡慕地点赞。只是你心里清楚地知道，你们不会再热络地聊天到深夜，不会因为他而矫情到死、阴晴不定，当初那么喜欢，现在那么释然、没有犹豫，这段路，只能陪你到这里了。

| 喃喃细语 |
认识你这么长时间，发现最想对你说的话其实第一次见面时就已经说过了：很高兴能够认识你。

> 各自有了新朋友，
> 你却还在我心里不肯走。

每一次分开，都要好好告别

想要挽回的时候，先想清楚，要分清：是不甘、遗憾、愧疚，还是真的还爱着。相忘于江湖，是离开对方生命里以后对彼此最大的尊重和慈悲。所以这段路只能陪你到这了，即使当初是真的打算为你赴汤蹈火。

有多久了，我假装很忙碌，忙着去喜欢新奇的东西。可世上有趣的事物那么多，这个还没收集全，那个又出新款了。我逼迫自己不去提起你，因为自尊不允许我提起你，因为提起这个人便会伴随着痛苦的回忆。我做得很好，装得挺像那么回事，所有人都相信我真的忘记了。但只有我自己知道，我依然想你。

一切都顺其自然，我要把最好的自己，留给最后的人。而你，只是我终将逝去的青春。或许以后的我会喜欢上另外一个人，就像当初喜欢上你一样。只是除了你，我再也遇不到能让我感受得到心跳的人。我知道，当青春逝去的时候，很多东西都会面目全非。

世上最痛苦的事，不是生老病死，而是生命的旅程虽短，却充斥着永恒的孤寂；世上最痛苦的事，不是永恒的孤寂，而是明明看见温暖与生机，我却无能为力；世上最痛苦的事，不是我无能为力，而是当一切都触手可及，我却不能伸出手去。我舍不得你，却又无能为力。

如果没有梦想，
何必远方

日期⋯⋯
⋯⋯⋯⋯⋯⋯

天气⋯⋯
⋯⋯⋯⋯⋯⋯

心情⋯⋯
⋯⋯⋯⋯⋯⋯

没有人逼你每天背单词背到头痛，背到天亮；没有人逼你离开家乡，去一个陌生的地方。可是，你还是义无反顾地这么做了。因为我们的故乡，放不下我们的梦想，我们想要了解更大的世界。因为我们的心里，始终放着我们的梦想，始终不想放弃。因为我们年轻，我们想要拥有得更多。

最难得的遇见是什么样子？即使在分别后各自经历人生，拥有新人陪伴，再重逢时，发现彼此依然是熟悉的。这份熟悉感不来自于怎样相似的经历，而是你们已经在不同的生活里变成了更好的人，而且永远是同一种人。成长即是默契，不需要占有和黏腻；好的感情，只会发生在几个努力和独立的灵魂上面。

命运旅途中，每个人演出的时间是规定的，冥冥中注定，该离场的时候，多不舍得，也得离开。用一分钟的时间，我飞离这个城市的地面，再见青春，再见你们。我们都要明白，离别不是对过去的遗弃，而是带着所有的回忆，带着所有人的祝福，去遇见新的人、新的事，去变成更好的自己。

| 喃喃细语 |
因为你，我愿意成为一个更好的人，不想成为你的包袱。因此奋发努力，只是为了想要证明我足以与你相配。

<<<

到不了的地方都叫作远方，
回不去的世界都叫作家乡。

旅行者1号，1977年发射，经历了36年，终于冲出了太阳系，进入了外太空的星际空间。它这样孤独的漂流，只为了去未知的世界看一眼。有些人，一辈子缩在一个角落里，连窗外都懒得看，更别说踏出门。

原来一生一世那么短暂，当你有了梦想，就应该不顾一切地去追求，因为你不知道狂风什么时候会到来，卷走一切希望与梦想。你要尽全力保护你的梦想，那些嘲笑你的梦想的人，他们必定会失败，他们想把你变成和他们一样的人。我坚信，只要心中有梦想，我们就会与众不同。

我现在必须要离开你了，我会走到那个拐角，然后转弯。你就留在这里，往另一个方向走。答应我，别看我拐弯。你只管径直往你的梦想的方向走，离开我，就如同我离开你一样。但我知道，我们会一直关注着彼此。一个人若是只为自己努力，毕竟太寂寞了。若是有一个你在乎的人在看，那才不枉此生。

如果没有梦想，何必远方？请相信，那些偷偷溜走的时光，催老了我们的容颜，却丰盈了我们的人生。请相信，青春的可贵并不是因为那些年轻时光，而是那颗盈满了勇敢和热情的心，不怕受伤，不怕付出，不怕去爱，不怕去梦想。请相信，青春的逝去并不可怕，可怕的是失去了勇敢地热爱生活的心。

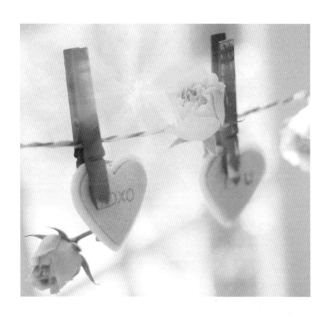

Wonderful Day

+ +
+ +
+ +
+ +
+ +
+ +
+ +
+ +
+ +
+ +
+ +
+ +
+ +

每一次分开，都要好好告别

也许你我终将形同陌路，
但是你该知道我曾因你动情

日期……
　　　　…………………

天气……
　　　　…………………

心情……
　　　　…………………

闭上眼睛，想起当初一起看的那轮夕阳，美好得像一个遗憾。如今的我，明明已经错过了你，但我却还在想念你。当我想念你的时候，我又不能拥有你；明明已经别离，却又再次相遇。当我们再次相遇时，却不得不再次说再见。也许你我终将形同陌路，但是你该知道我曾因你动情。

一个人身边的位置只有那么多，你能给的也只有那么多，在这个狭小的圈子里，有一些人要进来，就有一些人不得不离开。曾经我们都以为自己可以为爱情死，其实爱情死不了人，它只会在最疼的地方扎上一针，然后我们欲哭无泪，我们辗转反侧，我们久病成医，我们百炼成钢。你不是风儿，我也不是沙，再缠绵也到不了天涯。

谁都有许多不愿面对的过往，用力爱却爱错了的人、一厢情愿的梦想、幻觉一般落入的陷阱，我曾经不原谅那个笨极了的自己，后来学会一点点放下，毕竟爱错了人，曾是我真正爱过的人。

[喁喁细语]
短信听不见声音，通话看不见表情，如果我说我想你了，你会不会丢下一切，来见我？

<<<

只因为年少，爱把承诺说得太早；

只因为年少，才把未来想得太好。

66 我喜欢你是真心话，

告诉你是大冒险。 99

或许你不会再回来，或许我们不会再见面，或许你找到了她，我找到了他，或许我们在各自的新生活里不再存在。我还是会怀念，不是怀念你，而是怀念我爱过你。我知道即使没有当初的爱，你还是愿我一切安好。如果可以，请把我留在童年里，留在青春里，留在最好的时光里。

相距得太远，分开得太久，这都不是距离，陌生的心才是最远的距离。我和你各自忙着自己的生活，从开始的互相鼓励到后来次数屈指可数的问候最后变成不闻不问，多想念你，以前无话不谈，从清晨陪到日暮的朋友。原来，世界上最远的距离，不是爱，不是恨，而是熟悉的人，渐渐变得陌生。

我们常用最幼稚的方式威胁最爱自己的人。例如一个不爽就短信不回、电话不接、拉黑，扬言不再需要对方，看着他发疯一样地找你，你的心得到了空前的满足感和报复感，对吗？但这种感觉很快就会消失，之后你可能会失去这个人。当他不再寻找你的时候，你就会顿悟，那个唯一甘愿被你欺负的人，没了。

朋友之间闹翻了就各自安好，没有必要诋毁对方，人生哪有那么多一辈子的知己，记住彼此曾经付出过真心就够了。感情有时候，总是很讽刺，经得起风雨，却经不起平凡；风雨同舟，天晴便各自散了。其实你也很想他，只是你们之间的距离隔了一颗自尊心。

能让我笑的人，
没有谁比你更有天分

日期……
………………

天气……
………………

心情……
………………

我始终在强调自己不是个温暖的人，真正的朋友少之又少。谁不想有知己，可以有相伴相依共同度过漫长岁月的信念？而现实充斥着太多虚情假意，闷热的世界里，风吹不了过往，也停不了现在。在年少无知的年纪里，在浩浩荡荡的青春里，跌倒过、受伤过，心越来越脆弱。所以，可以的话，就不要离开我。

大学改变不了愚昧，真正值得庆祝的是，你在干净的大学校园里，度过了人生最美妙的时光。你翘课，在自习室睡觉，让舍友代替答到，考试时互传答案，在寝室里喝醉，在走廊里唱歌，有一场恋爱，有一群哥们……四年后各奔西东，再见时唏嘘不已。

朋友这种关系，最美在于锦上添花；最可贵在于雪中送炭。还记得第一次见面，我们就聊得如此投缘，然后慢慢地就走进彼此的生命，互相分享生命中最美好的时光。我们总是形影不离，聊彼此的秘密，分享最私密的话语，当我有心事需要透透气，你是我第一个想起的人，可以没有恋人，但一定不能没有你。

| 喃喃细语 |
我怕一毕业，身边就少了那群能让我笑、让我闹的疯子。

那些说着永不分离的人，

有多少，

都已经散落在天涯了？

<<<

每一次分开，都要好好告别

" 原来想念你，既能让我笑，也能让我哭。"

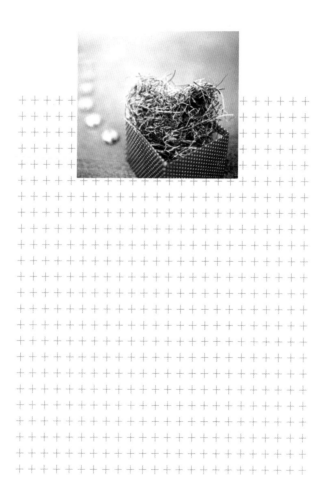

失恋时，你陪我难过；有人欺负我，你为我出头。而你若是遇到困境，我一样尽心帮助。亲爱的，多幸运青春路上遇到你。我们分享幸福快乐，也为彼此疗伤，互相撑起最美好的青春。我们的喜好也是那么像，每次看到心仪之物，便总想着要赶紧和你分享。就如某次遇见了心上人，就迫不及待要说给你听。

朋友和恋人一样，无法同步成长的都终将在岁月的河流中冲散。别问为什么当初的感情淡了。曾经他回眸就能看到你的笑容，可如今他征服了一座又一座山峰，你却还停留在原地，变成一道模糊的影子。如果你想和他永远并肩前行，那么请你继续努力奔跑吧！

我喜欢你，单纯的你。凡事不斤斤计较，当别人对你做了不好的事，你也从来不会记恨。我喜欢你，总是变着法子逗我开心，就算你被我的任性折磨得流了血，也从不喊疼。你有时和我说知心话，有时和我斗嘴，却时时又在琢磨怎么捉弄我……是这样的，能让我笑的人，没有谁比你更有天分。

还要经历多少次，连再见都来不及说的分离？我干吗要往前走呢？我不想往前走，因为我知道我走得再远，我哪怕绕到了地球的那一头，只要你在后面叫我一声，只要你对我笑着张开手，我就还是会什么也不管，百米冲刺似的跑回来，你说我干吗还要往前走呢？就留在你身边，不好吗？

Monday

Tuesday

Wednesday

Thursday

Friday

Saturday

Sunday

第四辑

你是我的独家记忆

///

当一艘船沉入海底，当一个人成了谜，

你不知道，他们为何离去，

那声再见竟是他最后一句；

当一辆车消失天际，当一个人成了谜，

你不知道，他们为何离去，

就像你不知道这竟是结局。

哪怕你从来都不属于我，但能够遇见已经很好

日期……
……………………

天气……
……………………

心情……
……………………

这个世界上最苦恼的事，就是你对一个触碰不到的人有着无缘无故的爱。有些事，经历过就好。正如有些人，遇见了就好。至于有没有在一起，真的没那么重要。到最后，我们终将发现，让我们成长的、让我们怀念的，永远都是过程。

我们在春风秋雨里无话不说，却在春去秋来中失去了联络。幸好青春年少时，我们彼此没有错过。人生的遗憾在于固执地坚持了不该坚持的，轻易地放弃了不该放弃的。也许一个转身，就是两个世界。可是即便如此，即便你从来都不属于我，但能够遇见你，就已经很好了。

恋恋不舍是件很累的事情，就像失眠时，怎么躺都不对。我并不是因为我们没能在一起而不舍，我之所以不舍，是因为形影不离那么多年的我们，在分开的时候，竟然没有认真地说过"再见"。有人说，认真说过再见的人，哪怕分别了再久的时光，终有一天，还会再见。那么我们，也就是永远也无法相见了吗？

| 喃喃细语 |
若是有缘，时间空间都不是距离；若是无缘，终日相聚也无法会意。

<<<

想说的，终究都没有说出口，

困在嘴边，

像扎根的野草，枯萎不了，却又舍不得拔掉。

这个世界真的很奇怪，以为不会再见的人却又再相遇，老死不相往来的人却又忽然联系，本打算再次真心以待的人，却又止步于此。不会再反复数落谁的不是了，也不会假装全然放下。是的，曾经的那些日子挺好的，但也喜欢分开的新生活。已经过去的，已经过去了；不要为旧的悲伤，浪费新的眼泪。

人生不过几十年，似水一样流淌，不可遏阻。一场轮回的时间，能遇见一场烟火的表演，本身就是一种幸福，即使结局是烟花熄灭，但终究在天空中绽放了笑脸。人和人相遇，靠的是一点缘分；人和人相处，靠的是一点诚意。这世间，没有谁对不起谁，只有谁不懂得珍惜谁。今生能遇见，就是难得的美好际遇。

我们一生里有可能遇到很多人，有时正好同路，就会在一起走一段，直到我们遇到了真正想要共度一生的那个人，才会把余下的旅途全部交给这个人，结伴一起到终点……你来过，我爱过，我也努力过，得之是幸，不得是命。

我记得你说过的话，记得曾为你疯狂。就算最后分开了，至少要好好说再见。如何相遇不要紧，要紧的是，如何告别。每一段感情开始的时候可以有千百种美好的姿态，但不得已走到分别时，大多数人都没能好好告别。

那句"好久不见"的寒暄后，

便是漫长的沉默，用来彼此告别。

你是我的独家记忆

日期……
……………………

天气……
………………

心情……
………………

每次给你发消息，都像是一次冒险，赌注是我一整天的心情。而你回发的信息，就连标点符号，都被我赋予了意义。感觉你会发光，连笑容都变得明亮。就算你给我点了个赞，我也会觉得你是真的在关心我。幻想你是我的铠甲，让我变得坚强，却不料成了我的软肋，让我心伤。

当你走进我的视线，全世界都是黑白的，只有你是彩色的；当你与我说话，我觉得胸闷气短，脑袋好像被大锤撞过一样智商为零；和你在一起的每一分、每一秒，我都记得清清楚楚，并提醒自己永不忘记。只是，那些发不出声的想念，未曾告别，就已诀别。你站在这里，我却停留在过去。

有的回忆就像柠檬，如果生吃的话，肯定会是又酸又苦的；如果用时间稀释的话，又会是恰到好处的味道；到后来，即使再稀释，即使倒空杯子，也会闻到淡淡的柠檬味，这就是难忘。我以为，只要放任时间，一切都会淡忘。可是记忆自有它自己的生命，忽来忽去，骤明骤暗，从来都不是我们可以控制的。

| 喃喃细语 |
你觉得，"我们没有在一起"和"我们最终没能在一起"，哪个更遗憾？

> 你也许已经走出我的视线，
> 但从未走出我的思念。

年少的爱，是一场自顾自的执着。你一定为他做过不理智的事，你一定陪他谈论过盛大的梦想，你一定就那么坚信过他是你的下半生。那个少年，他也许不帅，但在你眼里，他胜过所有光芒。是那个人让你明白：忧伤、悲痛、仇恨只是短暂的感觉，而善良、记忆和爱却是永久的情愫。

在我们年少的时候，一个人想走进我们的心，是一件轻而易举的事情；而当我们长大受过伤害之后，再有人想走进你的心，就要付出血流成河的代价。也许每个人心中都有一座城，住着一个不可能的人，那个人路过了青春一阵子，却会在记忆里搁浅一辈子。

有些记忆，注定无法抹去，就好比你，注定无法被替代一样。在记忆里有一片模糊的地方，忧伤而又喧嚣；在记忆里有一个熟悉的背影，想念而又陌生。时间的沙漏沉淀着无法逃离的过往，记忆的双手总是拾起那些明媚的忧伤。总有一些画面触动岁月的神经，总有一段优美的旋律萦绕心头，总有一段回忆深埋心底。

年少时的爱情，就是欢天喜地地认为会与眼前人过一辈子，所以预想以后的种种，一口咬定它会实现。直到很多年后，当我们经历了成长的阵痛，爱情的变故，走过千山万水后，才会幡然醒悟，那么多年的时光只是上天赐予你的一场美梦，为了支撑你此后坚强地走完这冗长的一生。

终止一条道路的最好方式，就是走完它；

终止一份感情的最好方式，就是全身心地爱过。

<<<

我已分不清，
你是友情还是错过的爱情

日期……
………………

天气……
………………

心情……
………………

人生的不如意莫过于：橡皮筋扎头发，两圈太松，三圈太紧；洗澡时，开关往左掰一点冻死，往右掰一点烫死；吃方便面时，一桶不饱，两桶太撑；买鞋时，37 码偏大，36 码偏小；两个人相处时，在友情之上，又恋人未满。

你知道满天星的花语是什么吗？就是甘愿做配角。没有人知道我一直爱着你，我怀揣着对你的爱，就像怀揣着赃物的窃贼一样，从来不敢把自己暴露在光天化日之下。我的心始终为你紧张，就像你口袋里装了怀表，你对它紧张的发条没有感觉一样。你在它那滴答不停当中，只有一次，向它瞥了一眼。

我们自己都总是犹犹豫豫，又怎么好意思指责别人善变。当对方信誓旦旦的那一刻，内心是诚实的，而在颠覆自己承诺的那一刻，也是诚实的。就像说爱，是真的，不爱了，也是真的。没有欺骗，所以无关对错。谁都不是蓄谋已久，谁都不愿出尔反尔。只是后来，我们都很干脆，你没有回头，我没有挽留。

| 喃喃细语 |
手，我是有的，就是不知如何碰你。

Good
Time

....

....

....

....

....

....

> 我想，都是我不好，
>
> 如果我懂事一点，沉稳一点，
>
> 走过去，问清楚，一切都不会是现在这样。

我们已经分开了，所以孤单时我不能要求你陪我，节日里也不能再企图收到你的祝福；我们已经分开了，所以不管我遇到怎样的困难，都不能再奢求你的安慰；我们已经分开了，所以我是我，你是你，关系清白得像从来都没有过牵挂一样……

有些人在想一个人，有些人在等一个人，有些人敏感的心拒绝任何人，或者说，习惯了一个人。其实我们这样真的是最好的了，不会像普通朋友可能会陌生，不会像恋人可能会分手，我们相互那么了解，熟得只能做朋友。只是我已经分不清，我怀念的是你，还是那段时光。也分不清，你是友情，还是我错过的爱情。

我要求得真的不多，一个肯定的眼神、一句直白的话，或者只是一个点头，只要这么一点点的温暖，我都会打心里感到幸福。但我却清醒地发现，我们之间的暧昧如同一地尘埃，风起时会热情，但终将会冷却。热情只是一时，你不过是喜欢有人喜欢你，这不算爱情。

暧昧是什么？暧昧就是一个打死不说，一个装作恍然未觉；暧昧就是享受着恋爱的感觉，却可以心安理得说自己单身；暧昧就是小包装的感情试吃，既可以不付钱免费品尝，也可以大批量分发；暧昧就是只有一个瞬间会觉得彼此之间存在着真实的爱情。只是暧昧，让真心的人受尽了委屈。

在我想要放弃的时候，

你又对我笑了。

<<<

我会记得你，然后爱别人

日期……
………………

天气……
………………

心情……
………………

你对我有多特别呢？大概就是，你能让所有我想说的话，都藏进我的眼睛里、草稿里，还有梦里。因为你，我会觉得自己像一盏声控灯，你一出声，我的整个世界就亮了。为了不让别人看出来我对你特别好，所以我只能对每个人都特别好。

喜欢你这件事，我怕你知道，又怕你不知道，更怕你知道了又装不知道。我拒绝了所有人的暧昧，只为等你一个不确定的未来；我用一生的幸福做赌注，你竟也舍得让我输。从此以后，我的心里便建了一座地下城，把不会重来的往事放在里面，以备在遗忘的时候，可以写一封信，寄给已经消失的那些年。

我记得那时的你，我记得当时的心情，记得那个秋冬，脚下的叶子发出的断裂声格外清脆。我记得当时的情景，记得你看我的样子，记得街边烤红薯的诱人香气。而如今的你还能不能记起当初的我们？是你让我相信，真心喜欢过的人是没法做朋友的，哪怕再多看几眼，都还是想拥有。

| 喃喃细语 |
不必说再见，不用再重逢，你的姓与名，已足够我爱一生。

<<<

最大的遗憾是连离开都不能当面说清吧，

或许一个拥抱就能解决的事情，

最后却是没有任何解释的形同陌路。

每一次分开，都要好好告别

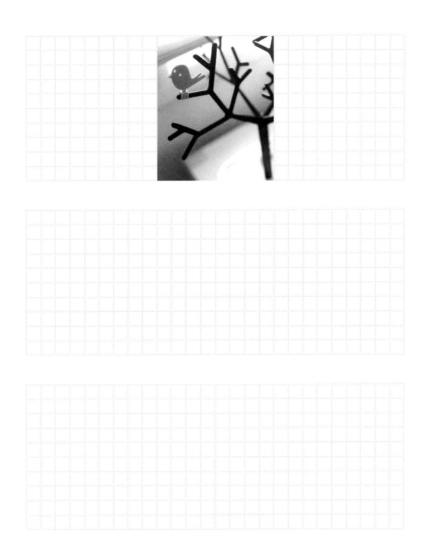

你是我等不到的望眼欲穿，
我是你记不住的过眼云烟。

每一段感情都值得被祝福，年少的我们全力投入到每一段感情中，总以为自己爱的是此生最后一个人，是自己谈的最后一次恋爱。最后，我们身边都有了另一个人，我们也接受了分离的事实，而那个人却成了心底的一道不可触碰的伤疤，虽然它会变淡，但它永远都在，记录着曾经的相爱。

当我认真谈过一段感情，最后却分手了，后来我发现很难再提起热情去喜欢一个人。这就好比我写一篇文章快写完了，但老师说我字迹潦草把本子撕了，让我重新写一遍。虽然我记得开头和内容，但我也懒得写了，因为一篇文章花光了我所有精力，只差一个结尾，我却要从头来过。

终有一天，我可以再对你微笑；终有一天，我可以轻松地说"你好"；终有一天，无论谁，在哪里，再提及你的消息，我都可以毫无芥蒂地笑笑，心里没有一点涟漪；终有一天，我不会再埋怨你，不会追问分开的理由，也不去恳求在一起的可能；终有一天，我会记得你，然后爱别人。

有些人，我们曾用心喜欢过就好。也许每个人心里都有这样的遗憾吧，可是我们却只能让他们走，然后，各自在各自的生活里遇见另一份感情，过着另一种生活。但是我们却不能开口告诉别人：曾经心底的那个人带走了我们最纯粹的快乐。

若是爱情无望，
就让友情来替我圆谎

日期……
………………

天气……
………………

心情……
………………

我没能陪你踏过万里，你也没能为我倾心。我空有一个温暖的怀抱，却不敢光明正大地站在你面前拥抱你；我空有一颗爱你的心，却不知道怎样才能更好地拥有你。所谓的渐行渐远，是你没有等我，而我也不敢再追着你跑，如果你真的想了解我，你会同时走向我，不需要我一直拼命追赶，生怕错过你。

有那么一刹那，我竟觉得会这么永远下去，不敢靠近，又舍不得离开，于是宇宙洪荒，海枯石烂，我永远站在你的门外。只是悲哀的是，有的人永远都不会知道，那个避开你目光、假装对你视而不见的人是有多在乎你。

我前半生三次最强烈的心跳，分别发生在上课被老师点名，下楼梯一脚踩空，还有你对我微笑的时候……多年再见，你还会不会记得曾经有个人任性地爱了你好久。我曾经无数次想过我们重逢的情形，唯独没有想过我们最后竟是这般匆匆而别。

我已经做好了要陪你一生的打算。若是爱情无望，就让友情来替我圆谎。

什么都比不过暗恋一个人的感觉。简直就是在自己的猜测和臆想里演一场主角只有我俩的电影。我会变得敏感、羞涩，患得患失又努力不落痕迹。在你的字里行间拼凑你也爱我的证据，你主动找我说话的时候压抑欣喜的心情，努力云淡风轻、斟酌再三地回复。自以为小心思藏得很好，但是爱、贫穷、咳嗽，根本藏不住。

暗恋是条河，游过一次，便已是一生。我用了几乎一辈子的时光，来爱这个人。我花了很长很长时间，才让这个人爱上我。可我却死在最美好的年纪，没能陪他走到最后。我多想下一秒被老师的粉笔砸中，惊醒在高中课堂上，回到自己的年少时光。

" 最难过的是你眉头紧皱，而我却没有抱你的理由。 "

你是那个可以轻易让我红眼眶的人，是那个我轻易就会原谅的人，也是那个我拼命想在人潮里看见的人。假如爱有天意，上苍会让这份关系不言自明，会让我们搭上同一辆车，相偎相依。假如落花有意，流水无情，我宁愿将"我爱你"三个字每次都随着唾液艰难地吞下，宁可它们划破喉咙，也绝不吐露。

很多人都爱过一个不属于自己的人，但希望将来的某一天，你再次提起时，呈现的已不是美丽的遗憾。"我喜欢过一个人"这句话也许让很多人唏嘘，但听者真正想知道的却是："后来呢，你们有没有在一起。"故事讲得好的人，总是知道在哪里结尾，裁剪冗余的部分，这样，你的秘密就美不胜收。

<<<

其实做好朋友挺好的，

可进可退，

永远处于不会被伤害的位置。

和别人谈起你，
是我想你的方式

日期……

....

天气……

....

心情……

....

我最怕的不是痛得酣畅淋漓，怕的是爱得意犹未尽。是我疯了吗？
你已经不在我身边了，还是想起你，今天下雨又天晴了，还是想
起你，刮风了，想起你；被风吹起头发，想起你，跑了几步，想
起你，看到灯在闪，想起你……想起你了，总是能想起那个，让
我忘记不开心的你。

讨好者的矛盾在于：你不喜欢我，我会伤心和难过，我这么努力，
你都不接受，你还要怎样？但如果你真的接受了，我又忍不住会
想，这是我讨好成功的结果，而不是你真的喜欢我，于是我一样
也会沮丧和落寞。思念太猖狂，一个冷不防地想起你，忙碌的生
活变得空荡荡。

你来的时候我毫无防备，你走的时候我措手不及。我不介意你就
这么离去，我介意的是自己为何会如此频繁地想起你。我比这世
上任何一个人都更加热切地盼望他能幸福，只是，想起这幸福没
有我的份，还是会非常难过。

[喃喃细语]
直到你牵了别人的手，我才停下了逞强。

我编好了一万种见你的理由，
却找不到一个见你的身份。

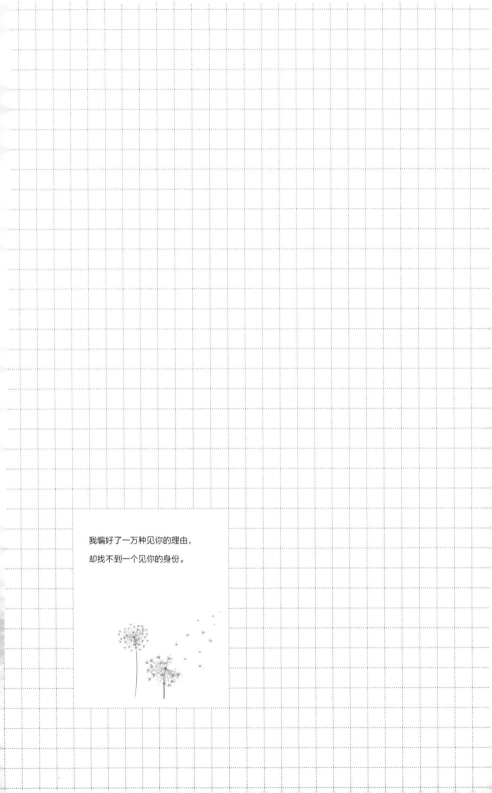

<<<

如果有一天，我连再见都没说就离开你，
大概以后我们再也不会相见，
毕竟攒够失望的人，是不会回头的。

我的世界，没有你，很久了。再想起你，忆起往事，那些不再清晰的、渐行渐远的往事，我没有大喜，没有大悲。我也不奢望有轰轰烈烈的爱情，也害怕信誓旦旦。人，越长大越孤单；爱，越成长越懦弱。这个世界现实得可怕，见证了无数的聚散离合后，我们消散了最初时的勇敢。

我以为我可以敬你一杯酒，从此不回头，后来却独自一人，等到黄昏日落不愿走。我等你，一直一直在这里等你，其实只是为了攒够失望，多到能说服自己戒掉对你的所有暧昧幻想。或许，不联系，就是我们最好的关系；不打搅，就是我最后的温柔；相互忘记，才是我们最好的归宿。

我可以面不改色地和别人谈起你，但谁也无法想象我的内心早已船抵礁石，惊涛骇浪。总以为，那个一路陪着我的你不会走，那双一直牵着的手不会松。谁曾想，再见只是一句脱口而出的话语，诀别只是一个简单随意的转身。我在乎的，慢慢地就散了；我重视的，渐渐地就淡了。有些路段，只能我一个人安静地走。

你不说，我不说，就这么散了吧。忘不掉，见不了，却没勇气联系了吧。只是多年以后，我还是会想起。曾经，让我怦然心动的你。后来才发现，并不是所有的喜欢都会有结果，终究要明白，遇见就已经很难得，我会好好珍惜那段记忆，而不是再珍惜你，就算偶尔想起，也不会再联系。

你是我的可遇不可求，
可遇不可留

日期……
　　　………………

天气……
　　　………………

心情……
　　　………………

我的所有好运气，好像只够换来遇见你，却不够让你喜欢我。所谓爱，就是我想和你一起生活，如果不行，和你一起活着也是可以的。记忆里有太多关于你的回忆，现实里却发现没有一个人像你。我多希望有个如你一般的人，是港湾，无处不晴朗；是时间，随处能陪伴。哪怕只有海洋的一隅，但对你来说也是完整的世界。

我最羡慕的关系，并不总是你一言我一语的秒回，有时候愿意把我现在看到的所有东西一股脑地发给你，不用组织好精简的语言，啰里啰唆也不怕有哪句话说错，发完也不会等着回复，因为我知道，你总会看见，是信任，和任何时候都不会被丢下的安定感。可惜的是，你是我的可遇不可求，可遇不可留。

我一直都在反复跟自己说："忘了他吧，忘了他吧。"可只要你出现在我面前，我就连挪开脚步的想法都没有了。我总是能够从每一件无关紧要的事情里，每一个陌生又无意义的风景里，转几个弯地想到你。这城市那么空，这回忆那么浓。过去回不去，我只是很怀念它。

| 喃喃细语 |
你知道什么是孤独吗？就像你一语不发地离开了，我在漫无边际的回忆和冷风里，一边恨你，一边等你。

" 相遇是两个人的事，

离开却只需一个人决定。 "

你知道什么叫意外吗?

就是我从没想过会遇见你，但我遇见了，

我从没想过会爱你，但我爱了。

<<<

我故意做得很绝，以为我这样就会更好地去爱一个人，可是我又错了，那些残留的回忆依旧喘息着爬回我的身体，让我不安，让你肆意地占据我的整个回忆。人世间的事情莫过于此，用一个瞬间来喜欢一样东西、一个人，然后用多年时间来慢慢拷问自己为什么会喜欢。

我最终发现，能够把自己和别人在更深层面联系在一起的，绝不是那些可以被轻易贴上的标签，不是我和谁上过同一所学校、来自同一个城市或国家、有同样的星座或血型。能够维系我们的，是同样的信仰、准则与价值观。只有找到那些和我走在同一条路上的人，我才不会感到孤独。

有些人，一辈子相熟，但始终抵达不了对方的心里；有些人，上一秒认识，下一秒就可以住进彼此的世界里。世界上有许多种遇见，最美好的，莫过于，在我最美的时光里与你相遇。青春充满朝气，像破土的新芽，像欢腾的河流……青春流淌着我们的快乐与迷惘，青春更是稍纵即逝的梦，需要我们好好把握。

世界上永远没有无缘无故的相遇，只是有些原因，你不能明白，我也没有坦白。或许是相遇时恰好你笑了，或许是你皱眉了。你要记住：每一个离别，都可能是最后一次相见，每一个安然离去的背影，都可能是你我故事里最后的画面，只是那时我们都没发现。

Monday

Tuesday

Wednesday

Thursday

Friday

Saturday

Sunday

第 五 辑

想把我唱给你听，
趁现在年少如花

///

我们都曾以为，

长大以后就能选择和自己喜欢的人、事、

物在一起，

于是我们不顾一切地拼命成长。

但是，当真的长到足以告别青春时，

才突然发现，

长大竟是让我们分离。

去见你喜欢的人，
去做你想做的事

日期……
....

天气……
....

心情……
....

偶尔还是会想起那个一不小心就遗失的人，我了解那段时光是我生命的一部分，它是如此深刻，却永远不会再见。是啊，那么多人，说好永远的，不知怎么就散了。最后自己想来想去，竟然也搞不清楚当初是什么原因把彼此分开的。然后，你忽然醒悟，感情原来是这么脆弱的。经得起吵闹，却经不起流年。

偶然间，在某个街头与你匆匆相遇。匆匆，太匆匆，只一个微笑，路过，告别。形同陌路，也许是彼此间最好的结局。当忧伤形成一种姿态，伫立在你与我之间，走过时光，我只能拥抱回忆。只是我自导自演的纠结话剧，变成了我一个人的无声退场。再见，旧时光；再见，与你有关的记忆。

我和你，不说早安，不说晚安，不说爱，不说想念，只说再见，只静静期待每个下一次的再见。因为夏天还在眼前，因为眨眼就是离别。我害怕还没长大就老了，害怕还没尽兴就分别了。所以，当记忆里的人不在身边的时候，我们更要对还在身边的人好一点。

| 喃喃细语 |
对不起，谁也没有时光机器，已经结束的，没有商量的余地。

<<<

去见你喜欢的人，去做你想做的事，
就把这些当成你青春里最后的任性。

每一次分开，都要好好告别

> 岁月极美，
> 在于它必然的流逝。

以前快下课的这时候，班主任一定会拖着不放学，下面就一直骚动，一宣布放学，所有人抱着一大摞书蜂拥而出，遇到熟悉的同学就开始抱怨，于是一边抱怨，一边欢笑。记得那时候，夕阳总是刚好暖暖地照在脸上，如果那时候我知道这是我以后再也不能拥有的快乐，我一定慢慢地走，让时间慢慢地过。

那些抹不去的笑脸，那些回不去的日子，那些一起看过的海和山，那些一起等待过的夕阳，那些一起逛过的街道和吃过的美食，都换了名字，叫作"旧时光"。突然有种想哭的感觉，不经意间我们都长大了。曾经的好朋友转眼变成了陌生人，不需要说再见，就已经离开了……

每个人都曾有一个无话不说的好朋友，那时候，所有的秘密和心事都爱跟他说，后来，两个人渐行渐远，没有再见，或许这一生也不会再见。这多么像一段黯然消逝的爱情？后来，你偶尔还是会想起那个人，想知道对方过得好不好。你无数次想过打一次电话给他。但你不知道，你还能说什么。

记忆是一位带有太多偏见和情绪的编辑。它常常自作主张地留下它所喜欢的东西，而对那些不尽如人意的事情充耳不闻。在这种剪辑下，玫瑰色的往事清晰如昨，一切美好的时光也被注入了神奇的魔力，不开心的日子慢慢消退，直至消失，只留下一份朦朦胧胧，又意味深长的笑意。

有勇气跟过去道别的人，
才有资格对未来说"嗨"

日期……
………………

天气……
………………

心情……
………………

如果你和一个人分开，说了再见之后仍然每天都想着他，然后觉得很痛苦、很难受的话，只要你有一天在梦里见到他，和他说了一句"拜拜"，那么醒了以后，就会真的放下他。即使面对面地撞见了，也不会有任何惊慌和不安。

我想要的很多东西，上苍都给了我，很快或者很慢地，我都一一接到了。而我对青春的渴望，虽然好像一直没有实现，可是走着走着，回过头一看，好像又都已经过去了。原来，这就是青春。它就是这样，让留在你身边的人越来越少。很多东西你舍不得删掉，但你还是删了，你也说不清为什么，也许仅仅是想要跟以前来个告别。

我意识到，无论我多想找回过去的一切，过去依然永不回归。人的过去是一场电影，只能远远地看着，不能走入；人的过去是水中的倒影，只能默默地注视，一触即碎。上帝只在人的正面安上了眼睛，是要人们看着前方，不要频频回头。

| 喃喃细语 |
亲爱的，过去这种东西，如果你一直逃避的话，它或许会追过来，可是如果你去面对它，它就只是回忆而已，没什么好怕的。

126

好事坏事，终归，都成往事。

<<<

只要你勇敢地说出再见，
生活一定会赐予你一个新的开始。

到了分岔路，要学会分道扬镳。通讯录的人名后加上城市，有些人慢慢断了联系。而你也要学会和曾经的自己挥个手，懦弱也好，懒惰也罢，对那个自己说声再见；往后崎岖也好，漫长也罢，回忆会陪着你，如果幸运也会有人陪你走。挥个手就到这里，往后你得把之前的半途而废都弥补上，这次你不能等了，你得长大了。

很多时候，都是生活选择你，而不是你去选择生活，尽管如此不情愿，可是必须去面对，这就是人生。再见，自以为是的青春；再见，想象中的美好。当现实赤裸裸地告诉你必须去面对的时候，除了微笑，只能微笑。

只是一起走过一段路而已，何必把怀念弄得比经过还长？走错了路，要记得回头；爱错了人，要懂得放手。人心都是相对的，以真换真；感情都是相互的，用心暖心。要走的人留不住，装睡的人叫不醒，不喜欢你的人感动不了。

人生再多的幸运、再多的不幸，都是曾经，一如窗外的雨，淋过，湿过，走了，远了。曾经的美好，留于心底，曾经的悲伤，置于脑后，不恋，不恨。学会忘记，懂得放弃，人生总是从告别中走向明天。告诉自己，一切皆如此，一切也都终将过去。

我们都是好孩子，
异想天开的孩子

日期……

………………

天气……

………………

心情……

………………

岁月永远年轻，我们慢慢老去，你会发现，童心未泯，是一件值得骄傲的事情。年少时光，青春年华，想笑就笑，想哭就哭，如芙蓉出水，无需雕饰，方才对得起这么一段人生。有很多事，不用解释，时间会让我们懂事。傻瓜才在年轻的时候不做傻事，羡慕别人有故事。

我们付出过的感情、珍惜过的相遇、曾经拥抱着以为可以永远在一起的人，原来有一天还是会失去，还是无奈要说一声再会。这时候，我们才发现，我们爱得比自己以为的要深许多。我们都是好孩子，异想天开的孩子。但还是请你放心，如今你放不下的人和事，岁月会替你把它们变得轻描淡写。

其实，青春就是这样，不听劝、瞎折腾、享过福、吃过苦、碰过壁，使劲折腾，折腾累了，才发现自己转了一个大圈，却又回到了原点。痛苦的时候不要借酒浇愁，难过的时候不要故地重游，既然铁定离开，何必频频回首？

| 喃喃细语 |
总有一个人，是我们无法斑驳的时光，回眸便觉温暖，
时光越久越能看清；那份存在，对自己，有着怎样别
样的意义。

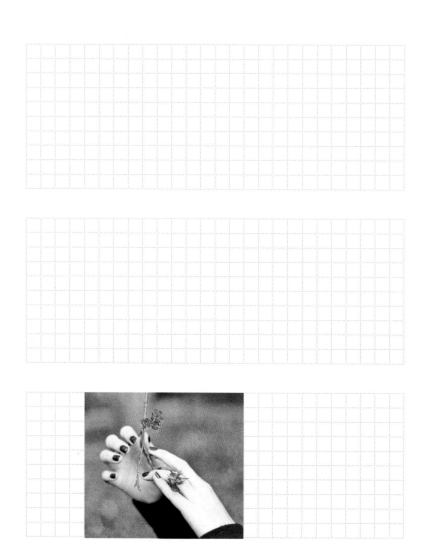

<blockquote>
有些人会青春一辈子，

逝去的只是青春痘而已。
</blockquote>

每一次分开，都要好好告别

互相陪伴了一段路，才明白只有知根知底、还聊得来的人，才能走到身边，才能聚到一起。有人来，自然就有人走，留下的都是看到你的全部，还依然愿意留在你身边的人。爱情友情都一样：深情不及久伴，厚爱无需多言，久处不厌才是真情。不要再去等一个不会有未来的人，就当风没吹过，他没来过，你没爱过。

人与人的交往不必太在意，有人陪你走一段路，你们就一定有分别的那天。总要有人带你来到这路口，又总要有人带你离开那地方。在心底里和你遇见的每个人都说句再见吧，和过去道个温柔的别吧。人生就是不断地遇见和分别，相处时愉快，离散时从容，相濡以沫或是相忘于江湖，都会心安理得。

希望迷路的时候，前方有车可以让你跟上；冷的时候，有温暖的被窝；饥肠辘辘的时候，就离家不远；困的时候，有大把的时间可以睡觉；不知道说什么的时候，有人会温柔地看着你，笑你词穷；不可爱的时候，会适可而止；寂寞的时候，能感觉到有人还在爱着你。

有个尴尬的年纪，叫作结婚还太早，恋爱有些晚；跟小孩一起玩无聊，跟大人待一起又没共同话题；在家太闲，出门没钱；什么都不想被说是"没理想"，想法多了又被指"不踏实"……青春就是这样，让人有些无所适从，但若千年过去后，才发现它的美好和重要。

<<<

任何事情，
只要你说出来，都有机会被原谅，
但别说谎。

有暑假的才叫夏天，
回不去的才叫从前

日期……
………………

天气……
………………

心情……
………………

学生党的夏天才叫夏天，漫长得让人失去耐性的暑假，蝉声里追偶像剧，空调房里吃西瓜，跟喜欢的男孩子约去图书馆里上自习，然后趴在桌子上睡着。从泳池里爬起，带着一身漂白粉的味道回家去，猜今晚大概是吃盐水毛豆。时光拖得跟树荫一样深远……而大人的七八月，只能叫"天很热的那些日子"。

当我们终于来到以前憧憬过的年岁，却发现有人出了国、有人学习异常顺利、有人坚持梦想、有人碌碌无为……就像是一个分水岭，毕业时的那个蓝天早已消失不见，那个和你在操场边说着要一起走到未来的人，也早就不知道去了哪里。看着窗外的天，突然就黑了，感觉像我们的青春，突然就没了。

最难过的，莫过于当你遇上一个特别的人，却明白永远不可能在一起，或迟或早，你不得不放弃。我决心不再想念你了，不再关心关于你的一切，不再记得你淡漠又深情的眼神和你冷淡又温暖的话语，也不再记得你曾经给我的关怀，以及与你一同经历的风雨和阳光……因为这一切，都回不去了。

| 喃喃细语 |

我们之所以对过去念念不忘，是因为我们知道，曾经经历过的那些或快乐，或悲伤的时光此生再也拥有不了。

134

<<<

这个世界上最残忍的一句话，

不是对不起，也不是我恨你，

而是，我们再也回不去了。

过去的景色很美，让我们流连不舍，可是我们还是要往前走。我们常常告诉自己"以后一定还会再回来看看"，实际上谁也不能回去。退后的风景，邂逅的人，终究是渐行渐远。那些一起努力过的青葱岁月，那些一起许下的愿望，希望我们都不要忘记。虽然过去无法重写，但它却让我们更加坚强。

老天给了你那么长的岁月，从前和以后有什么不能忘的？你还年轻啊，还有那么长的时间可以去喜欢别人，怕什么没人爱，怕什么不能成功？大好时光，你为什么要去感伤那些过去，还一直错把鱼目当珍珠？

不忧愁的脸，是我的少年，不仓皇的眼，被岁月改变。那些回不去的年少时光，要用最真的心怀念。年少的我们总是缺乏耐心，不明白生命里最不舍的那一页，总是藏得最深。非要等长大之后，蓦然回首时才会懂得错过的是什么。那一刻，唯有盈眶的热泪，祭奠着早已一去不复返的青春。

时间是极好的东西，原谅了不可原谅的，过去了曾经过不去的，也许我偶尔想回到之前的时光，但我知道，人始终要学会向前看。时间一天天地过，好像没有发生什么改变。好笑的是，当你回头看的时候，每件事都变了。

Good
Time

....

....

....

....

....

....

所有回不去的良辰美景，
都是举世无双的好时光。

念旧的人最容易受伤，
喜欢用余生等一句别来无恙

日期……
....
天气……
....
心情……
....

上帝不会无缘无故做出莫名其妙的决定，他让你放弃和等待是为了给你更好的。所有的欺骗和伤害，都是这个世界温柔补偿的序曲，那些星星点点的微芒，终归成为燃烧生命的熊熊之火。一切都是最好的安排，别作践自己，别活在过去。念旧的人总是最容易受伤，喜欢拿余生来等一句别来无恙。只是你念你的旧，他又能记你多久？

岁月像极了一个残忍的导演，由它安排的所谓的久别重逢，就是在多年以后给所有到场的人一个机会，看看什么叫沧海桑田，看看什么叫岁月如刀，看看什么叫物是人非。重感情的人啊，日子终究不会好过。信任、依赖、念旧，分分钟把你虐得万劫不复。

一个人为什么会保留着以前的东西。有些东西明明一文不值，却跟了自己那么多年，也不舍得丢掉，有时候找不着还会急得坐立不安。问题是它们越来越旧，越来越老，而我已经渐渐不敢看它们。它们像一部部电影，随时都能让我重新看到一场大雨、一次分离、一杯咖啡、一个拥抱。

|喃喃细语|
距离大概就是：你知道我没睡，我也知道你没睡，
看着彼此更新的消息，却不能说上一句话。

> 念旧的人像一个拾荒者，
> 不动声色，却满心澎湃。

我们都爱过注定不会爱我们的人，这没什么，因为总有那么一天，我们会突然发现原来自己这么多年不过是钻牛角尖而已，我们对往事的种种不忿，只是觉得自己受了委屈。一直在想，很多年以后，如果我和你，突然再见面，就站在喧嚣的人群里，相互注视着对方，第一句话需要多大的勇气才能说出口？

有时候，我很想念一个人，但我不会打电话给他，因为打过去也不知道说什么好。想念一个人，不一定要见到，因为见了面，或者听到了声音，一切都都变了。想念最好是遥远一点，因为加了想象和回忆做调味品，想念会变得格外香。

有没有那么一瞬间，在大街上看到一个熟悉的背影，心突然就跳乱了节拍，直到发现原来只是陌生人，于是一整天，全是回忆。雨过天晴，终会有好天气，时间给了我千千万万种满心欢喜，全部遗漏都不要紧，若能得你一朵配我胸襟，就够了。怪就怪思念总让人猝不及防，而回忆又太爱见缝插针，爱念旧的人总是走不远。

在年轻的时候，如果你爱上了一个人，请一定要温柔地对待他。不管你们相爱的时间有多久，若能始终温柔地相待，那么，所有的时刻都将是无瑕的美丽。若不得不分离，也要好好说再见，要心里存着感谢，感谢他给了你一份记忆。

念旧，

是一场口齿不清的思念。

<<<

我们轻视时间，最终会被时间碾压

日期……

………………

天气……

………………

心情……

………………

人生是一场旅程，我们总要踏上不同的路，走向不同的城市，经历不同的风景，然后一个人走向各自的旅程。多年后再见，同样是那一个他，同样是那一个我，不同的只是中间的岁月，多了好多关于你、我、他之间的故事。

现在知道了，那些恣意飞扬的岁月里，我们每一次躁动不安的梦想，年轻气盛的誓言，猝不及防的暗恋，义无反顾地摔倒又爬起，其实都藏着一颗颗饱满的种子，它让我们有了脊椎，有了思想，有了人格，通晓了嘴巴和手真正的功能。在人生每一场来势凶猛的暗战中，保全了自己。

岁月经得起多少等待？很多人还没来得及说再见就离开了，很多事还没来得及做就已经成为过往了。生命中，谁不曾伤过、痛过、失落过、遗憾过。不是所有的擦肩而过都会相识，不是所有的人来人往都会刻骨。以为不会来的未来就在眼前，以为不会散的朋友不知散落何方。我们轻视时间，最终总会被时间碾压。

| 喃喃细语 |

我们总以为岁月漫长，会有大把的时间来挽回和原谅。

<<<

时间很贪婪，

有时候，

它会独自吞噬所有的细节。

当一朵花开始坠落的时候，

连时间都放慢了脚步。

感情再深，恩义再浓的朋友，天涯远隔，情义终将慢慢疏淡。不是说彼此的心变了，也不是说不再当对方是朋友，只是远在天涯，喜怒哀乐不能共享。原来，我们已是遥远得只剩下问候，问候还是好的，至少我们不曾把彼此忘记。总有一天你会伴随着时间沉浸到深海，也总有一天，我再听到你的名字后只是释然一笑。

其实我们还是在相互想念，但都以为自己在对方眼里不重要，于是彼此都担心着自己的问候变成了打扰，然后都将这想念深埋于心绝口不提，直至这份感情被时间与距离彻底消耗殆尽。可惜吗？当然可惜。所以，脸皮厚点，总是好的。

有时候我们有些近视，忽略了对我们最真的情感；有时候我们有些远视，模糊了离我们最近的幸福。一辈子很短，远没有我们想象的那么长，永远真的没有多远。所以，对爱你的人好一点，对自己好一点，今天在你身边，明天就可能成了陌路。如果这辈子都来不及好好相处，就更不要指望下辈子还能遇见。

喜欢你太深之后的惯性，就是分开之后的喜怒哀乐，还是会想要第一时间和你分享，这也让我明白，百无一用的不止是书生，还有深情。有时候，生气归生气，吃醋归吃醋，但从来没想过离开你。是你让我相信：时间只能改变那些原本就不够坚固的东西。

你弯成一张弓，
而我成了弦上的箭

日期……
....

天气……
....

心情……
....

幸福就是，早上挥手说"再见"的人，晚上又平平常常地回来了，书包丢在同一个角落，臭球鞋塞在同一张椅下。我知道，岁月终究将往事褪色，空间也将彼此隔离。因为有家人，所以不悲伤；因为有朋友，所以不寂寞；因为时光，教会了我们如何去爱。

父母弯成了一张弓，而我们成了弦上的箭。父母最大的感伤，莫过于看着家里孩子的生活迹象一点点消失，洗漱台上不再摆着他的牙刷，阳台上不再晾着他的衣服，饭桌上少了一副碗筷，听见有人在身后喊爸妈猛然回头却只是茫然张望。所以，对他们多一点关怀和耐心，就像小时候他们对我们那样。

幸福就是早上醒来，看到一抹阳光恰好落到枕边。可以不用急着起床，躲在被窝里听着妈妈在厨房里轻手轻脚地忙碌，不一会儿荷包蛋的香味弥漫了整个房间。幸福就是放学回家，和妈妈一起在厨房煮晚餐，锅里的水煮肉咕噜咕噜。即使寒风冽冽，也可以有源源不断的温暖去抵御它，这就是很好的生活了吧。

| 喃喃细语 |
每次向你索取，却不曾说谢谢，如今慢慢长大，才懂得你们的不容易。时光时光慢些吧，不要再让你变老了，我愿用我一切，换你岁月长留。

如果我可以不长大，

爸爸妈妈，你们可不可以不变老？

<<<

每一次分开，都要好好告别

受了委屈，在其他人面前，都说"没事"。给妈妈打电话，听到她的声音，才叫了一声"妈"，眼泪就下来了。因为我知道，别人问"怎么了"，有的好奇，有的是八卦，只有妈妈问"怎么了"，才是切实的担心。哪怕整个世界都不在乎我，我也可以确定的是，在妈妈的心中，我就是她的整个世界。

我们把最好的笑脸展现给同学、朋友，却把厌烦的表情留给家人；我们用宽容大度来对待别人的错误，却对亲人百般挑剔；我们一遍又一遍教他或者她一些简单甚至弱智的技能，却用不耐烦来回敬亲人的一句询问；我们在外面谈笑风生，却在关门的那一刹那换上一张无趣的脸……我们，是怎么了？

病了不敢告诉你，怕影响你学习；想你了不敢电话你，怕影响你工作；可以一年不买一件衣服，也要你每天吃得饱一点；天冷了，第一个想到的是单独一人在外打拼的你。爸妈就像一棵参天大树，总是扮演着沉默的角色，为你遮风挡雨，不计回报地付出一切。

做孩子最失败的，就是既厌恶父母设计的人生，又怕走错路，最后还是辜负了父母的期望。或许是因为一份学业，因为一份工作，因为一段爱情，我们离开了父母，去了另外一座城市。但一想到父母正在为我们奋斗，这就是我们要努力变好的理由。

" 毕业之后，

家乡只有冬夏，再无春秋。"

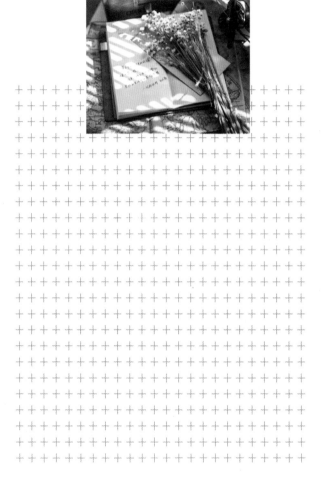

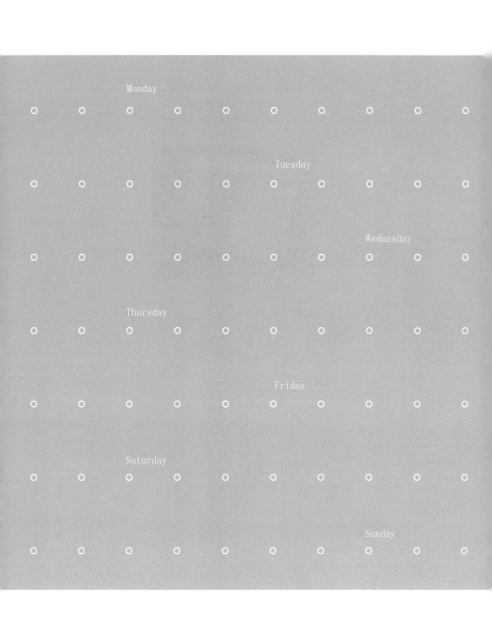

Monday

Tuesday

Wednesday

Thursday

Friday

Saturday

Sunday

第六辑

我们都一样，年轻又彷徨

///

青春是一场远行，回不去了；

青春是一场相逢，忘不掉了；

青春是一场伤痛，来不及了。

可是，我们终究是要远行，

终究要跟那个稚嫩的自己告别。

你必须非常努力，
才能看起来毫不费力

日期……
....

天气……
....

心情……
....

我们可以找出一千个得过且过的理由，同样能找出一千零一个反驳的理由。一个，只要一个必须成全自己的理由，就足以抵过千军万马，攻城略地。你要相信，无论是谁，都会拥有独一无二的未来。朝前走，朝前看，你不知道将来有多好。路再难也要忍着走完，拼命，为的是让那些瞧不起你的人闭嘴。

不要轻视下山的人，因为他们也曾风光过；不要轻视山下的人，因为他们随时会上来。有些微不足道的小人物，突然的某一天，或许会以令你惊艳的姿态出现。每个人都有优势，在某方面输给你，不等于在每方面都输给你。别瞧不起任何人，他们只是在以你不了解的方式存在着。

我之所以这么努力，是不想在年华老去之后鄙视自己。我知道，如果我想得到自己从未拥有过的东西，那么我就必须去做我从未做过的事。我更加明白，在追逐梦想的路上，华丽地跌倒，总胜过无谓的徘徊。我始终相信努力的意义，因为未来的那个自己，一定会感谢现在拼命努力的自己。

| 喃喃细语 |
好的坏的，我们都一一收下吧，然后一声不响地继续努力。

<<<

正在经历的孤独，我们称之为迷茫；

经过的那些孤独，我们称之为成长。

每一次分开，都要好好告别

人之所以悲哀，是因为我们留不住岁月，更无法不承认，青春，有一日是要这么自然地消失过去。人之可贵，也在于我们因时光环境的改变，在不断进步。而进步的所有动力都来自于沸腾的内心。如果你做不到一件事，无论是搞好人际关系，还是减肥，都是因为你还没有真正想做，没有真正努力。

我们缺的不是机遇，不是缘分，不是有钱的父母和亮眼的学历，我们真正缺乏的是与生活搏击的勇气，因为害怕挑战、害怕失败、害怕归零，所以更多的时候选择顺从。亲爱的自己，还是希望你不要总是被外人的言语所左右，你只要明白自己是怎样一个人，该做怎样的事，就好。

抱怨，是一件最没有意义的事情。如果你实在难以忍受周围的环境，那就暗自努力，练好本领，提升自己，然后，跳出那个圈子。当你有了规划，人生才不会迷茫。有了人生的规划，我们不仅清楚自己现在所处的位置，更清楚自己下一步所要迈出的方向。如果你自己都不知道自己想要什么，命运又怎会给予你想要的东西呢？

"明天不见得更好"，这是残酷的真理。但明天的好处就在于隐藏希望：或者会好呢？就这一个念头，就足够支撑我们走过糟糕的昨天和需要付出努力的今天。根本没有那条"更好的路"，只有一条路，就是你选择的那条路。关键是，你要勇敢地走上去，而且要坚持走下去。

将来的你，

一定会感激现在拼命的自己。

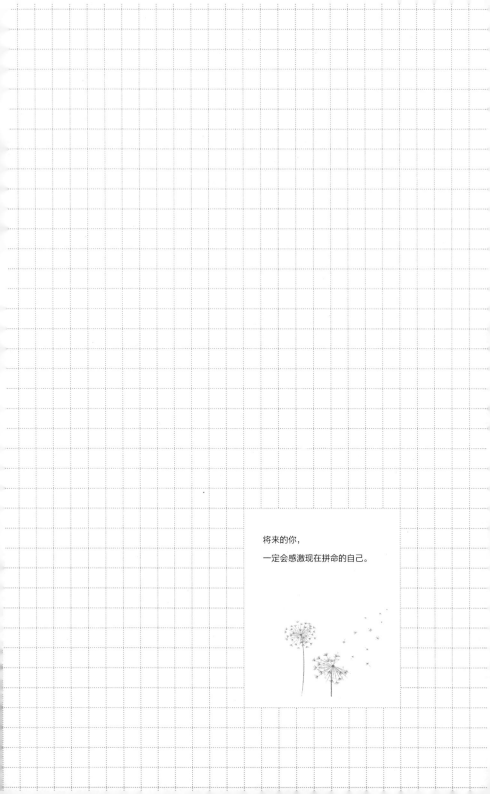

聪明但不自以为是，
有趣但不哗众取宠

日期……
…………………
天气……
…………………
心情……
…………………

十几二十岁的时候，请把自己摆在十几二十岁的位置上。你没有理由，也没能力去拥有一个四十岁的人拥有的阅历和财富，你除了手中的青春，一无所有。但就是你手中这为数不多的东西，能决定你是一个怎么样的人。

我们最终会变成身边人眼中的什么人，重要的、特别的、有趣的、无趣的、喜欢的、讨厌的、仰慕的、鄙夷的，这些真的很难控制。所以我总想着，至少尽量做个不添麻烦的人，最好还能有点用，总是好的。在爱你的人眼里，你的一切都是好的，但爱你的人有限，所以你不能处处放任自己。

当你可以直面自己身体里与生俱来的笨拙与孤独，你便能够彻底谅解过去的自己。大多数人都像我们这样活着，虽不聪明，但诚恳；虽会犯错，但坦然。人，切莫自以为是，地球离开了谁都会转，古往今来，恃才放肆的人都没有好下场。所以，即便再能干，也一定要保持谦虚谨慎，做好自己，是金子总会发光。

| 喃喃细语 |
愿你我经历的所有苦涩和酸楚，都只是味觉，而非感觉，愿你我都保有继续品尝一切的勇气。

<<<

如果还年少，

为什么不可以大胆地去爱一场、拼一场？

反正你还年轻，

无论输赢，都还有胜算的可能。

Wonderful Day

你浪费掉了太多自以为是又狼狈不堪的青春。那里，有笑有泪，有自信有迷茫，你伤人也被人伤，难免颓废与寂寞；也许你会坚信自己与众不同，坚信世界因你而变。你以为自己长大了，但突然发现，长大需要勇气、责任、坚强及某些妥协。在生活面前，其实也许你从未长大。

每一天都会告诉自己要好好控制情绪，不抱怨，谨言慎行，这不是将自己变得懦弱和没有性格，而是在慢慢地提升自己。凡事不以恶意揣度别人，不以私利给他人添堵，不妄自菲薄，也不诋毁他人，这是对自己最基本的要求。

不要悲观地看待生活，更不要自以为是，很多事情不要自以为刚开始就已经看到了结局，许多的一念之间，离结果还非常遥远。仔细想一想，人世间，没有真正的痛苦不堪，也没有真正的难以忍耐。把握住每一个当下的心平气和，你会发现，没有什么真正值得生气的事情。

趁着年轻，你需要多受一些苦，然后才会真正谦恭。不然，你那自以为是的聪明和藐视一切的优越感迟早要毁了你。你要明白，真正招人喜欢的人大多是比较独立的：与人结伴时不哗众取宠，独自生活时不顾影自怜，任何时候都冷静客观，处理好该处理的事，不过问干涉他人的事。

Good
Time

....

....

....

....

....

....

多一点自知之明，
少一点自以为是。

你要去相信，
没有到不了的明天

日期……
………………

天气……
………………

心情……
………………

我知道，生活里当然会有诸多不顺，毕竟这个世界又不是为我们量身定做的；我也知道，生活里会有很多惊喜，就像那次被淋了个落汤鸡后，看到了大大的彩虹。明天会有什么，我不知道，但我很想知道。于是我跟周围人一样，继续往前走，毕竟，上天给我的这双脚，不只是用来穿鞋的。

当你很累很累的时候，你应该闭上眼睛做深呼吸，告诉自己你应该坚持得住，不要这么轻易地否定自己，谁说你没有好的未来，关于明天的事，后天才知道。在一切变好之前，我们总要经历一些不开心的日子，不要因为一点瑕疵而放弃一段坚持，即使没有人为你鼓掌，也要优雅地谢幕，感谢自己认真的付出。

不要因为害怕被误解，而让自己陷入卑微。你现在要做的，是让脸上洋溢着自信，在心底长出善良，在血液里融入骨气，让生命更坚强。一些冥冥中阻止你的，正是为了今天和明天，乃至以后的漫长岁月，让真正属于你的，最终属于你。有时候，你以为的归宿，其实只是过渡；你以为的过渡，其实就是归宿。

| 喃喃细语 |
我喜欢早上起来时一切都是未知的，不知会遇见什么人，会有什么样的结局。

160

> 一无所知的世界，
> 走下去，总会有惊喜。

生活坏到一定程度就会好起来，因为它无法更坏。许多事情，坚持坚持，就过来了。命运不会偏爱谁，就看你能够追逐多久，坚持多久。我们一路走来，告别一段往事，走入下段风景。水再浑浊，只要经历长久地沉淀，依然会分外的清澄；人再愚钝，只要施予足够的努力，一样能改写命运的走向。

一直没有做一件事的勇气，却又不甘心，时间就在自己跟自己赌气中耗尽了。其实成长就是鼓足勇气，去尝试，去爱，去恨……就是一遍遍地怀疑自己以前深信不疑的东西，然后推翻一个又一个阶段的自己，长出新的智慧和性情，带着无数的迷惘与不确定，坚定地走向下一个阶段的自己。

每一次分开，都要好好告别

一个人的豁达，体现在落魄的时候；一个人的涵养，体现在愤怒的时候；一个人的体贴，体现在悲伤的时候；一个人的成熟，体现在抉择的时候。谁都愿意做自己喜欢的事情，可是，做你该做的事情，才叫成长。你要相信，没有到不了的明天。

没有行动，懒惰就会生根发芽；没有梦想，堕落就会生根发芽。时间越长，根就越深，到时候想站起来就是件很困难的事。这个世界并不完美，甚至有点残酷。你无法决定下一段旅途遇见的是好事还是坏事，可你能决定面对它们的态度。你看这个世界的角度，决定了这个世界给你的温度。

<<<

人生，
总会有不期而遇的温暖，
和生生不息的希望。

我们都一样，年轻又彷徨

日期……
....

天气……
....

心情……
....

小时候比现在勇敢，跟同桌吵架绝交可以用一块糖和好，被亲爹揍得喊娘一拿到零花钱就笑，暗恋的男生想追班花还大方地帮他写情书，失恋了、考砸了、毕业了、所有人都走了，就哭一鼻子，没什么大不了的。可现在做不到了，没办法相信伤害过自己的人，承受不起任何形式的离开，连哭都哭得没底气，怕吵醒人。

我们有时总把后果看得过于严重，最后难为了自己。就像小学时考了不及格，站在家门口不敢敲门。其实门那边是热气腾腾的饭菜和妈妈的一句"没关系啊，努力了就很好"。回过头来看，那些曾经让自己寝食难安的事，大多败给了想象。

你要记得，你的青春不是用来迷茫的，时光也不该总是孤独的，世界不会因为你去旅行就变得美好，而你也却一天天迅速苍老。所以，请不要沉湎在对自己的爱恋与忧伤里，不要沦陷在你湿漉漉而漫长的青春期里无法自拔。成长是血流成河的战争，而你需要关心并思考更广阔的世界，不断痛苦地蜕皮，然后长大。

| 喃喃细语 |
我是一个习惯在夜幕中独自寂寞的人，寂寞并不是一种颓废，只是给喧闹的白日寻找一个沉静的借口。

<<<

其实有很多人不懂，

没人要和没遇到是两回事。

我这人容易患得患失，神经质又敏感，别人以为我什么都不在乎，但其实我惧怕着很多事情，我怕朋友被别人抢走，也怕我喜欢的人讨厌我，怕受伤害、被欺骗……很多道理自己都懂，可就是舍不得、忘不了、放不下，最后还若无其事、煞费苦心地去劝解他人。我不优秀却是真实的，已经离开的人我不惋惜，留下的人我必珍惜。

我们都一样，年轻又彷徨。因为害怕失去，所以不敢拥有；害怕欺骗，所以不敢相信；害怕被看穿，所以一直伪装……每个人都会有一段异常艰难的时光，挺过去，人生豁然开朗，挺不过去，时间会教你与困难握手言和，不必害怕。

我们都不是完美的人，但我们要接受不完美的自己。在孤独的时候，给自己安慰；在寂寞的时候，给自己温暖。学会独立，告别依赖，对软弱的自己说再见。生活不是只有温暖，人生的路不会永远平坦，但只要你对自己有信心，知道自己的价值，懂得珍惜自己，世界的一切不完美，你都可以坦然面对。

不管活到什么岁数，总有太多思索、烦恼和迷惘。如果一个人失去了这些，安于现状，才是真正意义上的青春完结。别让怯懦否定自己，别让慵懒误了青春。不要轻易去依赖一个人，它会成为你的习惯，当分别来临，你失去的不是某个人，而是你精神的支柱。无论何时何地，都要学会独立行走，它会让你走得更坦然。

跌跌撞撞，仍对世界微笑；

彷徨失措，依然勇敢前行。

年少轻狂的好日子，
一懂事就都结束了

日期……
....

天气……
....

心情……
....

每个人都有好几面，有开心就有沮丧，矫情起来像神经病，热血起来自己都害怕，爱玩也认真，沉默又话痨。别人看不到你的每一面，可你看得到自己，也只有你自己明白，多少次的暗下决心，才能让那么多的舍不得，变成不回头。

一个人的成熟，并不表现在获得了多少成就上，而是面对那些厌恶的人和事，不迎合也不抵触，只淡然一笑了之。事情过去了不代表没有发生过，你对某件事绝口不提，不代表这件事对你没有任何影响。要么是你为了维护某种关系在忍让，要么是你认为那个人已经不值得你再浪费任何情绪。

怎么应对负面情绪？可以听歌，也可以看书。孤独无助时，不要逃避，也不要立刻找人倾诉。静下来是最好的办法，如果连音乐和书都无法让你静下来，就去洗把脸想想初衷，你一定能想起自己是谁。从无知到任性，从任性到懂事，从懂事到稳重，时光匆匆，我们好像都是这么过来的。

| 喃喃细语 |
我现在劝别人也好，劝自己也好，一概都是：年纪不小了，该干吗干吗去，别一头扎进那美丽的忧伤，一边拼命往里钻，一边喊救命。

<<<

成长是一笔交易，
我们都是用朴素的童真与未经世事的洁白
交换长大的勇气。

我天性不擅于交际，在多数场合，我不是觉得对方乏味，就是害怕对方觉得我乏味；可是我既不愿忍受对方的乏味，也不愿费劲使自己显得有趣，那都太累了。我独处时最轻松，因为我不觉得自己乏味，即使乏味也自己承受，不累及他人，也就不会感到不安。

小时候觉得，只要有一根棒棒糖就满足了；长大一点觉得，考试得了满分，天就亮了；再大些觉得，能跟喜欢的人一起吹吹风，就如同得到了全世界；再后来，就变得很难高兴起来了。愿望越来越大，日子也越来越难过。回头想想，已经买得起很多棒棒糖了，但棒棒糖再也不是我们高兴的理由了。

这就是成长吗？像一页页翻书的感觉。我知道，若没有离别，成长也就少了几座里程碑。成长过程中所经历的迷茫和窘境，其实就归咎于过去的自己没有足够努力。别给自己找太多放弃的理由，因为比我们优秀的人还在坚持。而这个世上所有的坚持，都是因为热爱。愿我们再遇见时，都能比现在更出色。

一定会有这么一个人，当我们想起他时，心里就会掠过浮云般的温柔。被血脉里的感情牵引，天涯海角，莫失莫忘。是的，就算他和我们分离的距离再遥远，可是头顶上还都会是同一片天空，所以无论在哪里，每个人都不会觉得孤单。

愿你我往日路途无悲常喜，
所流的泪皆因喜极而泣。

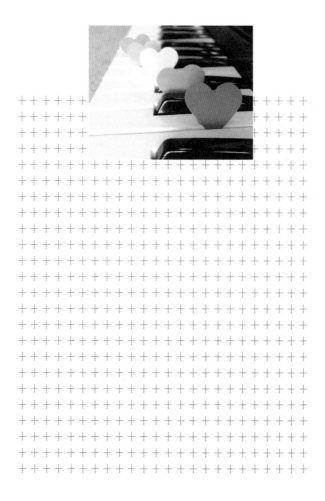

每一次分开，都要好好告别

请你善良，
无论这个世界多冷漠

日期……
………………

天气……
………………

心情……
………………

你总是在意别人的感受，宁愿自己受委屈，也不想别人不开心。
对方一失落，你就紧张。对方一道歉，你就心软，甚至觉得自己
生气都是在计较。你傻傻地背着别人的快乐，有时候僵在原地喘
不过气，但我知道，你的敏感是因为善良。可善良的人最后不会
吃亏，一定会有更多人爱你，作为回报。

其实你对别人好，别人心里都会记着，这个世界上，多的是像我
这样有点笨又不愿虚情假意的人，一时半会儿找不到报答的方式，
也不想说一些漂亮的场面话，但心里始终是记着的，知道自己欠
了别人，满满的感激，大大的欢喜，不知如何表达而已。

困的时候，哪怕是最好的朋友把你唤醒，你都会心生怒火；累的
时候，哪怕是你的爱人要你背背她，你都会一脸嫌弃；贫穷的
时候，看到别人疯狂抢购会觉得不可理喻；苦闷的时候，听到别
人大声说笑会觉得极端反感。我们对这个世界的爱和善意，往往
取决于我们自己在这个世界上过得好不好。

| 喃喃细语 |
青春是梦中的一个抚摸，我醒在它的温暖里，却不知
它的去向。

内心是温暖潮湿的地方，
适合任何东西生长。

有些人在你最好时接近你，在你最坏时离开你，这是人心的凉薄；有些人在有好处时爱你，没有好处时不爱你，这是人心的势利。其实这些都是最正常不过的事情，大部分人对你的好，都是要求回报的。我们这一生，就是在大多数人的冷漠里，找到极少几个人，对你不同寻常的好。

越长大，越知道做事不容易，越知道每个人都有难处，也就越不敢随随便便地瞧不起谁，以免不小心伤害了谁。这当然不是粉饰，更不是虚伪，而是懂得了体谅和包容，温柔地和这个世界相处。无论这个世界多冷漠，愿你能保持善良。

你外表的善良，取决于你面对的那个人，你内心的善良，其实取决于你自己。就这样，一步步把自己变得美好，眉目清爽，嘴角带笑，做一个讨人喜欢的人，无论发生什么都不要失望，更不要丢掉希望，而是要坚信这个世界没有那么坏，它呀，终将收起锋利的棱角，然后用温暖而闪耀的光芒紧紧拥抱我们。

一个人最好的生活状态，是该看书时看书，该玩时尽情玩，看见优秀的人欣赏，看到落魄的人也不轻视，有自己的小生活和小情趣，不用去想改变世界，努力去活出自己。没人爱时专注自己，有人爱时，有能力拥抱彼此。

<<<

与人相处，最好的姿势就是不卑不亢；

与自己相处，最好的状态就是不慌不忙。

总有一次落泪，
让我们瞬间长大

日期……

………………

天气……

………………

心情……

………………

请不要去羡慕别人所拥有的幸福。你以为你没有的，可能在来的路上；你以为他拥有的，可能在去的途中。有的人对你好，是因为你对他好；有的人对你好，是因为懂得你的好……成熟不是心变老，而是眼泪在眼眶里打转，我们却还能保持微笑。总会有一次流泪，让我们瞬间长大。

一个人，如能让自己经常维持像孩子一般纯洁的心灵，用乐观的心情做事，用善良的心肠待人，光明坦白，他的人生一定比别人快乐得多。你是大人了，要对自己有一定的要求了，别太任性，别乱发脾气，也别总说别人令你失望，这世上原本也没有谁有义务承担你的期许。

当你还是个孩子的时候，你以为你拥有许多朋友，但事实上，你拥有的仅仅是伙伴而已。所谓的伙伴就是那些站在你身边，看着你长大，然后又渐渐淡出你的生活的人。于是，你开始了新的生活。你开始明白，时间是这个世界上最好的美容师，它让惨痛的伤疤越来越淡，也让亲密的人慢慢离散。

| 喃喃细语 |
反正就算表现出脆弱的一面也得不到拥抱，不如就这样一直假装坚强下去算了，至少看起来是一副不好欺负的样子。

<<<

都说人是慢慢长大的，
其实不是，人是一瞬间长大的。

每一次分开，都要好好告别

"" 没关系，
傻完了就长大了。 🟤

在人生的路上，有一条路你非走不可，那就是年轻时遇见的弯路。不摔跟头，不碰壁，不撞个头破血流，怎能炼出钢筋铁骨，怎能长大呢？时间真的很神奇，你永远不知道它会如何改变你。换句话说：以前难吃的蔬菜、难喝的饮料、无聊的书籍，甚至是讨厌的人，后来有一天，却又统统喜欢上了。

和谁都别熟得太快，不要以为刚开始话题一致、共同点很多，你们就是相见恨晚的知音。很多时候，飞快地掏心掏肺，却因为莫名其妙的事情，最后老死不相往来，语言很多时候都是假的，一起经历的事情才是真的。时光会教你看清每一张脸，也许有一些人，慢一点相处，会和他们成为真正的朋友。

年轻的时候，连多愁善感都要渲染得惊天动地。长大后却学会，越痛，越不动声色；越苦，越保持沉默。成长就是将你的哭声调成静音模式。你之所以会觉得难过，大概是因为你投入了大把时间和精力，到最后却没能得到你想要的，那种一瞬间被失落灌满的感觉，糟糕透了。

年轻的时候，你觉得孤单是很酷的一件事情；长大以后，你觉得孤单是很凄凉的一件事；而现在，你觉得孤单不是一件事，至少，你会努力不让它成为一件事。你得接受这个世界带给你的所有辜负，然后无所畏惧地长大，而不是用过去来衡量现在的幸与不幸。大家都是这么长大的，你肯定也没问题。

这是一本满足读者互动需求的实验性图书。我们想以此传达一种特别的理念：阅读的乐趣不是被动接受，而是主动参与。你可以把它当作书籍阅读和收藏，也可以把它当作一本特殊的笔记本使用。本书甄选了那些关于青春、关于离别的美好文字，你可以赠予恋人、闺蜜、兄弟、老师，甚至是你自己。这里珍藏的每一个瞬间，都加入了你的倾情出演。当你翻阅从前的笔迹，你会发现，你的每一段经历，都是一个温暖又犀利的道理。

图书在版编目（CIP）数据

每一次分开，都要好好告别 / 夏林溪著 . —北京：
化学工业出版社， 2017.6
ISBN 978-7-122-29524-8

Ⅰ.①每… Ⅱ.①夏… Ⅲ.①随笔 – 作品集 – 中国 –
当代 Ⅳ.① I267.1

中国版本图书馆 CIP 数据核字（2017）第 086905 号

责任编辑：张 曼 龙 婧 梁 虹　　　　装帧设计：远流书衣
责任校对：宋 玮

出版发行：化学工业出版社（北京市东城区青年湖南街 13 号 邮政编码 100011）
印　　装：北京新华印刷有限公司
889mm×1194mm 1/32　　印张 6　　字数 150 千字
2017 年 7 月北京第 1 版第 1 次印刷

购书咨询：010-64518888（传真：010-64519686）　售后服务：010-64518899
网　　址：http://www.cip.com.cn
凡购买本书，如有缺损质量问题，本社销售中心负责调换。

定　价：48.00 元　　　　　　　　　　　　版权所有　违者必究